団地メシ!
danchi-meshi
藤野千夜
CHIYA FUJINO

団地メシ!

団地メシ!
danchi-meshi

画　　高橋由季
装幀　稲葉さゆり

第1棟
つつじヶ丘　神代団地

おばあちゃんと出かける日

1

「経堂《きょうどう》のおばあちゃんが、今度、花《はな》と一緒にお出かけしたいって」

なんだか落ち着きなく家の中を歩いている母親から聞かされて、十六歳の太田《おおた》花は、

「どこに？」

と訊《たず》ねた。

やけにあたたかい、冬の日だった。

「さあ。自分で聞きなさいよ」

「聞かなかったの？」

「聞いたけど」

どうやら外出の支度をしているらしい母親は言い、ふっ、と笑った。「おばあちゃん、自分で言いたいかもしれないじゃない」

「なにそれ。お母さん、知ってるなら、先に教えてよ」

「あなた、ひまでしょ。電話してみなさいって」

ぐさっ、と胸に刺さることを言われ、花は黙った。

本来なら高校二年の三学期だったけれど、どうしても学校になじめずに、一年生の終わりから休みがちになった。二年になってからはずっと休んでいる。やめる、もう行かない、と両親には、去年の春にきちんと宣言したのだけれど、

「次の予定が決まらないなら、とりあえず休んでおきなよ。今年のぶん、学費も払っちゃったし」

と、父親になだめられ、そのままになっていた。

「払っちゃったの？　学費。一年分？」

「うん」

「なんで」

「年払いだから」

「そうなの？　もどってこないの」

「たぶん」

「……ごめんなさい」

「いいって。DAZN《ダゾーン》の年払いと重なってキツかったけど、なんとか払ったよ」

有料のスポーツチャンネルと同じ扱いなのか、と花は思ったけれど、学校もサブスクみたいなものかと考えれば、少し気持ちは楽になった。利用しなければもったいない。でも無理に利用したって、大して得した気分にはならない。

もちろん、そうやって学費を納めてくれる親がいるだけ、幸せなのはわかっている。

「じゃあ、次は解約してね、学校」

「わかった」

親指を立てた父親は、仕事の都合で、一年のうち半分くらい海外にいる。

母親はフリーランスで、翻訳の仕事をしていた。本人によれば、パートか、ボランティアみたいな仕事が多いそうだけれども。でも凄い。花は素直にそう思っていた。

学校を休んでいる花は、なるべく家に引きこもらないよう、近所の図書館に行ったり、散歩をしたり、たまには自転車をこいで駅にも行くけれど、そこから電車に乗ることは滅多にない。

最後に電車を使ったのは先月だった。

おばあちゃんの亡き夫、根来咲三郎《ねごろさきさぶろう》、つまりおじいちゃんの三回忌の法要があったのだ。花の家からは、花と母親の茜《あかね》のふたりが出席した。

お経を上げてもらったお寺から何台かの車で移動し、街道沿いの和食レストラン「木曽路《きそじ》」に入った。掘りごたつ式のテーブルが並ぶ細長い個室には、親族ばかり十数人が集まっている。

その中で、おばあちゃんの口にしたひと言が、妙にくっきりと響いたのだった。

「わたし、どこかで働こうかしら」

それにまず反応したのは、花だった。

「うん……いいと思う」

照れながらも言い、自分で大きくうなずいた。

でも声が、ちょっと小さかったのかもしれない。

「なに言ってんですか、お母さん。もう七十でしょ。どこも雇ってくれませんって」

おばあちゃんの息子、碧《あおい》おじさんは苦笑いして言い、おじさんの双子の妹、母親の茜は、

「お母さん、結婚してから、ずっと家のことしてたからね〜。気持ちはわかるけど、今から急に外で働くの、ちょっと大変じゃない？」

やんわりと、たしなめるように言った。

「でも、働いている人、いっぱいいるじゃない」

おばあちゃんは、ちょっと不服そうに首をかしげている。

七十歳という年齢にしては、仕草が可愛《かわい》らしいし、ほっぺたもおでこもつやつやで、まだ若々しい。それとも七十歳というのは、まだ若いものだろうか。この国の区分では、六十五歳からは前期高齢者に該当するはずだったけれども。

ともあれ、会席料理の次の一品のように、新しくテーブルに届いた話題に、こちらはも

う後期高齢者、おじいちゃんの兄ふたりと、その奥さん、他の親戚《しんせき》たちも、だいたい花の母親と同じような意見を述べた。

おばあちゃんに生活費の面での心配があるのかどうか、その点を少し気にしているふうではあったものの、それを詳しく訊ねるような席でもない。

「まあ、そんなに無理しなくていいんじゃないの？　あとはのんびり暮らせば」

あくまで一般論として、みんな、ゆるやかな回答をした。またはその言葉に、うん、うん、と横でうなずいていた。

おじいちゃんはそこそこ大きな会社に勤めて、最後は部長にもなった。退職後の道楽やギャンブルで、大きな借金をかかえたといった話も聞かない。きっと年金もそれなりで、蓄えもあるのだろう。

結局、おばあちゃんはそれ以上、働く必要性や強い意志を主張せずに、あとはにこにことみんなの意見に耳を傾けていたから、やはり生活費の心配から、働きたいと言い出したわけではなさそうだった。

親戚から次々もらった意見にも、十分に納得したのかもしれない。

最初に賛成した花にすれば、すっかり少数派どころか、まったく賛成の声がかき消されたかたちになったけれど、そもそも人と意見を合わせるのが得意ではなかったし、べつにみんなと意見が違うのなら、違ってもいいやとあっさり引くタイプだった。

食べかけだったカボチャの天ぷらを口に運び、つぎに茶碗蒸《ちゃわんむ》しのふたを開けていると、ずいぶん向こうにいた従兄弟《いとこ》の天《てん》が、遅れてもう一つ、違う提案をした。

「再婚は？　ばあちゃん、再婚すれば」

高校の制服らしい、紺ブレザーを着た天が、大きな声で言う。

花と同じ年の生まれだったけれど、誕生月が遅くて、今のところ（すぐに追いつかれるはずだけれど）学年は一個下だった。彫りの深い、整った顔立ちをしているのに、天の考え方はいつだって独特で、ちょっと軽い。

花の印象では、残念なタイプだった。

「ばあちゃん、再婚！　あ。後妻業は、どう？」

よく聞こえていないとでも思ったのか、手をふってくり返している。小学生の妹、星《せい》といっしょのテーブルにいる。

いつの間にかそっちのテーブルに移った天のお母さんが、天の頭をうしろから、ぽん、と叩《たた》くのが見えた。

2

花、花、とおばあちゃんに手招きされたのは、その帰りだった。

「ありがとう、さっき。花が一番に賛成してくれて、うれしかった」

勘定場の前、エレベーターホールでぎゅっと手をにぎられた。きっちりと喪服を着て、ゆるやかにパーマのかかった髪をゆらし、にこにこと笑っている。

しっとりとした、小さな手だった。

「あ……うん」

おばあちゃんがきちんと気づいてくれたのなら、それでよかったと花は思った。手がほわっとあたたかくなる。

「おばあちゃんが、なんでもいいから、好きなことしたらいいかな〜って思って」

「花はやさしいね。ありがとう」

そのまま一緒にエレベーターに乗り、下の駐車場へ出た。あたりにたまっていた親族が、おばあちゃんに挨拶《あいさつ》をすると、三々五々、自分たちの車へと散って行く。碧おじさんの車で送ってもらうというおばあちゃんとは、花もそこで別れた。

そっちの車には、窓越しに変顔をしてみせているアホの天と、ずっとスマホのパズルゲームをしている妹の星も乗っている。

先にその車が出発し、電車で来ていた花と母親は、遠縁の車ですぐ近くの、降ろしやすい駅まで送ってもらった。

もしおばあちゃんから、なにか誘いがあったのなら、あの日、花が賛成の声を上げたからだろう。

「じゃあ、おばあちゃんに電話しておいてね」

わざわざ念を押して母親が出かけたので、「経堂」で登録してある03のナンバーにスマホでかけると、留守番電話に切り替わった。

一回切り、五分ほど経《た》ってから、もう一度かけても同じ。

またメッセージを残さずに切り、今度は、「YURIちゃん」という名前で登録してあった携帯番号にかけると、

「花？」

明るい声の根来ゆり、つまりおばあちゃんが出た。

直接の電話なんて、長くかけていなかったから、番号が生きていたことにまずホッとした。前は携帯電話が嫌いで、かけてもほとんど出ない人だった。

「今、家の電話にもかけた？」

「かけた。……さっきも」

「あっちはもうずっと留守電なの。なんかマンション売れとか、へんなテープでのアンケートとか、そんなのばっかりでしょ。今は相手が喋《しゃべ》るのを聞いてからしか出ないことにしてるの」

花の家でも、だいたいそんな感じだった。

「聞いてくれた？　お母さんから」

「あ、うん。聞いた」

とりあえず花は答えた。話の肝心なところは、結局ぼかされたままだったけれども。

「なんか、どこか行きたいみたいって、おばあちゃんが」

「そう、むかし住んでたところに行きたいのよ」

と、おばあちゃんは言った。「つつじヶ丘《おか》の、神代《じんだい》団地ってところ」

3

花にとって、おばあちゃんの家は、今住んでいる経堂のマンションか、その前、同じ小田急線の沿線、新百合《しんゆり》ヶ丘《おか》にあった一軒家だった。

しんゆり、と駅名の略称を呼ぶことで、おじいちゃんとおばあちゃんの家を指していた時期もある。それ以前の住まいは、何度か話に聞いたことはあったかもしれないが、花にすれば、自分の生まれる前のことで、ぴんと来なかった。

だいたい、「しんゆり」におじいちゃんとおばあちゃん以外の、碧おじさんや、自分の母親が住んでいたことも信じられない。子供だったふたりを考えると、なんだか笑ってしまう。

「しんゆり」は、小田急線に始発の新宿駅《しんじゅく》から乗って、多摩川《たまがわ》を越したしばらく向こう、神奈川県の川崎市にあった。

「おばあちゃんの名前がゆりだから、ここに住んでるの？」

小学校に上がったばかりのころ、花が訊ねたことがあったらしい。花自身には、そのときの記憶が少しもなかったけれど、これは両親から何度も聞かされるうちに、よく知っている話……光景になった。

「そうだよ。おばあちゃんのことが好きだから、ここに住むことにしたんだ」

キザなところのあるおじいちゃんの咲三郎が、笑顔でまっすぐに答える姿が、まるできっちり記憶に残っているように、今ではさっと思い浮かぶくらいになった。

その「しんゆり」の家で、若き咲三郎とゆりの夫婦は、男女の双子を育て、学校へ通わせ、独立させた。そして落ち着いた夫婦ふたりの暮らしになってからも、巣立った兄妹《きょうだい》の「実家」として、そこで十何年か暮らし、木や花を育て、犬を飼って看取《みと》り、そろそろ手入れが大変になったからと、七、八年前に手放し、世田谷区の経堂に小ぶりな中古マンションを購入したのだった。

駅から近いので買い物や電車を使うのに便利だし、築年数のわりには値も下がりづらいという。その買い換えも、賢明で堅実な選択だったのだろう。

なにより花の家族は、となりの杉並区に住んでいたから、それ以来、両家の行き来はずいぶん楽になった。

沿線が違うので、電車に乗ってすぐ、とはいかなかったけれど、車を使えば十分ほど、自転車でも二十分はかからなかった。

おばあちゃんと出かける日も、花は自転車で経堂のマンションへ向かった。

暖冬、暖冬とニュースで言われるだけあって、やはり暖かい日だった。日中の最高気温が十五度。よく日が射《さ》して、コートなしで歩いている人もいる。その日ざしの中にいると、とても一月の中旬とは思えなかった。

マンション前の陽《ひ》だまりで、おばあちゃんが待っていた。

腰丈のチャコールグレーのコートを着て、白いパンツ、ショートブーツをはき、ショルダーバッグを斜めがけしている。毛糸の帽子をかぶり、外出時のマナーのマスクをしていた。手袋もマフラーもしていないのは、やはり暖かいからだろう。

「花！」

おばあちゃんが気づいて、手をふった。目を見ただけで、笑顔なのがわかる。少し手前で自転車を降り、押して近づいた。

「あなた休まなくて大丈夫？　喉渇《のどかわ》いてない？　トイレは？」

「大丈夫」

花はうなずき、マンションの駐輪場に、水色の自転車を停《と》めさせてもらった。

経堂駅から小田急線の急行にひと駅乗り、次の成城学園前《せいじょうがくえんまえ》からバスに乗り換えた。

「なんだか急に行ってみたくなっちゃったのよね、むかし住んでた団地に」

遠足にでも行くみたいに、おばあちゃんが楽しそうに言った。

駅を離れると、バスはどんどん住宅地へ分け入って行く。道の脇《わき》に電信柱が立ち、ガードレールがある。庭付きの大きな一軒家や、低層のマンション、そしてバス停が見える。

「おじいちゃんと結婚して、最初に住んだのがその団地だったの。一緒に見に行こうって茜を誘ったんだけど、団地の記憶なんてひとつもないし、わざわざ見に行く気もないって。そこで生まれたのに、あの子には情緒ってものがないのよね。記憶がないって思っても、行ってみたら、不思議と懐かしい気分になるかもしれないわよ、って教えたんだけど、いい、いい、そういうの、かわりに花が行くからって」

バスにゆられながら、おばあちゃんの詳しい説明を聞き、そういう流れか、と花は半分呆《あき》れながらうなずいた。

「お母さんのかわりに、花が付き合わされちゃったね、ごめんね」

おばあちゃんの言葉に、花はゆっくり首を横に振った。バスが信号で止まり、また発進する。

きっと毎日ひまそうな娘に、出かける用事を作ってくれたのだろう。母親のことも、そう好意的に解釈することにした。

たしかにおばあちゃんとふたり、こうやってきらきらと日の射す温室のようなバスにゆられていると、ひまな者同士の遠足みたいだった。

この日にちを決めるのも、お互いに用事がなさすぎて、まず天気予報を一番の頼りにした。

道は二車線だったり、一車線だったり。

ガードレールがあったり、なかったり。

大きなバスが、相変わらず分け入るように住宅地を走って行く。

4

狭い道をバスが器用に曲がり、しばらく行くと、次は「神代団地入口」のバス停だとアナウンスがあった。

どこに団地があるのだろうと見ていると、バスがまた右に曲がる。

そこはもう団地の一角だった。

「ここ！」

おばあちゃんが、弾んだ声で言った。「ここよ！　神代団地。その川が、野川」

道の左手に団地の建物が並ぶ。そして右手を流れる川の向こうにも、同じく団地の棟が見えた。

川の水は下のほうに細く見えるくらいだったけれど、岸辺と合わせるとそれなりに幅は広い。さらに対岸にも、同じ二車線の道路がある。

予想していたより、はるかに大きな団地みたいだった。

花の母親が生まれる前からあったのだから、当然古い建物なのだけれど、シンプルなグレーの壁面に、差し色のようにモスグリーンやカーキに塗られたところがある。最近、塗り直されたのかもしれない。塗り分け方が、花には小洒落《こじゃれ》て見えた。

五階建ての団地だった。側面にもモスグリーンが見える。棟の番号が、そこに白く記されている。

「なんかカッコイイ！」

五十二……五十一……四十八……。

すごい。五十二号棟って！

花はあらためて目を見張った。道から離れた奥の方にも、団地の棟が並んでいるようだった。

「たかや橋《ばし》」と、次の停留所の名前を女性の声がアナウンスしている。

大きなバスが器用に曲がって橋をわたり、今度は川の向こう岸を走った。

こちら側の棟は、うすいクリーム色の壁に、モスグリーンやベージュが配されている。

「あ、次でおりるわ！」

じっと外を見ていたおばあちゃんが言い、花があわててボタンを押した。

川べりの道にある、その名もずばり「神代団地」のバス停だった。

おりてすぐ、おばあちゃんが手すり越しに川を見下ろした。そのあたりはちょうど、水がせき止められている。

「かいぼりね」

と、おばあちゃんがのどかな調子で言った。川を干して、清掃をしているらしい。

ただ、人が作業をしている様子は見えなかった。

かわりに白鷺《しらさぎ》やカモがいて、水たまりをくちばしでつついている。

「おばあちゃん、どのへんに住んでたの」

花が訊《き》くと、ようやくおばあちゃんは団地のほうへ向き直った。

花も一緒に見ると、ちょうど日ざしが目に入って、団地がきらきらと輝いている。バス通りを越した先に、クリニックがあり、その脇が団地の棟になっている。

「そこよ、二十二号棟」

一番近い棟を、おばあちゃんが指さした。

それから、ちょっと考え、うん、そこ、とうなずいた。あまり自信がなかったのかもしれない。「周りの雰囲気は、ちょっと変わってるのかな」

バス通りとの境に植え込みがあり、棟の一階あたりを目隠ししている。通りを横切って、そちらに渡ると、棟の前が広い芝生になっているのが見えた。

クリニックとの間の道を入ると、先に幼稚園がある。

二十二号棟の先に二十三号棟が見え、奥に二十一号棟が並んでいた。隣り合った二棟は近いけれど、向かい合う二棟の間には、たっぷりと距離がある。

このあたりは塗り替え工事がまだなのか、どの棟もうすいベージュのままの壁だった。

おばあちゃんと一緒に、二十二号棟の前を歩いた。

小さな入口と、その先で向かい合わせになったドア。踊り場のある階段。二軒ずつ五階ぶん、計十戸の郵便受けが入口にある。

二つ目、三つ目の入口も同じ。

おばあちゃんの部屋は、真ん中の入口にあったようだ。

「うん。二十二号棟の二階。碧と茜は、ここに住んでるときに生まれたの」

おばあちゃんが、懐かしそうに言った。


その頃《ころ》にはしょっちゅう、自分の母親や、夫・咲三郎の母親にも、この団地に泊まりに来てもらったという。

どちらも遠方からだったので、一週間や二週間は滞在して、双子の子育てや、家事の手伝いをしてくれた。ほぼ交代の、ベビーシッターだった。

団地の中には公園も、買い物のできる商店も、美容室も、スーパーマーケットも、郵便局も、診療所もあった。便利なものね、とふたりの母親たちは感心していたらしい。

2DKの住まいのうち、四畳半の一間を、いつも客間として使ってもらっていた。花の母親が今、四十五歳だから、それだけ前の話だろう。その頃、この団地はもう出来て十年以上は経っていたらしい。

「いつから来てないの？」

と、花は訊いた。

「ここ？　引っ越してから」

おばあちゃんがさっぱりと答えたので、花は笑った。それでは花の母親と、大して変わらない。

「茜と変わらないね」

今気づいたように、おばあちゃんも笑った。「こんなに近いのにね」

電車は急行で三分。バスに乗っていたのは、たぶん十五分くらいだった。

「これから先、おじいちゃんとふたりで、こういう散歩を楽しみたかったのよね」

残念そうに、おばあちゃんが言う。

二十二号棟をたっぷり眺めてから、クリニックの側の通りに戻った。

幼稚園の前を抜けて歩くと、広いグラウンドがあり、真ん中がすり鉢みたいなすべり台になった公園があり、大きな杉の木がある。

天気がよいからだろうか、幼稚園の子供以外にも、あちらこちらで子供たちがはしゃいでいる声が聞こえる。

その声を聞いて、おばあちゃんが目を細めている。

団地の管理事務所の向こうに、三十五、三十三、と番号の書かれた、低い二棟が向かい合っていた。

二階建ての低い棟は、お店を営業するためのものらしい。ベンチの置かれた、間の広場では、ガラガラ、ガラガラと、少女たちがスケボーで遊んでいる。

正面に赤、青、黄、赤、青、とカラフルなアーチが並ぶ。アーチの向こうにフェンスと建物があり、さらに向こうに団地の棟が見える。

「碧と茜が、二歳のときかな。おじいちゃんの転勤で越したの。でも好きだったのよ、ここ。また東京に戻ったとき、もう一度ここに住みたかったくらい。でも、いい社宅に入れそうだとか、そっちのほうが出世につながるとか、いろいろあってね、違うほうを選んじゃった」

そこに何年か住んでから、まだ家もまばらだった時代の新百合ヶ丘に、手頃な建売住宅を見つけて移り住んだということだった。「知ってるお店がいっぱいあったんだけどね、あっちもこっちも。少しシャッターも閉まってるね」

おばあちゃんの指さした三十三号棟のほうから見て歩くと、小劇場のスタジオ……接骨院……NPO法人……青果店、その先に郵便局がある。

「お店はすっかり変わったみたいね」

色とりどりのアーチの先をふさいでいた建物は、あまり聞かない名前のスーパーマーケットで、おばあちゃんによれば、これもむかしは違う、京王《けいおう》のスーパーだった。そのスーパーの前をぐるりと回って、三十五号棟のほうに戻れば、そちらにはおしゃれなカバンがかかった、雑貨店だろうか……それからギャラリー……健康クラブ……中に洋菓子のケースが見える「山本牛乳店」がある。

そしてレトロチックな佇《たたず》まいにぴったりな、木のテーブルと椅子を店先に出した一軒に近づいた。

ガラスのはまった白い格子戸に、フードやドリンク、スイーツといったテイクアウトメニューのイラストと、カフェ利用の注意が書かれた黒板が、二枚たてかけてある。

同じく黒板がA型に立つ看板には、チョークで店名が書いてあった。

ロゴ風に丁寧に記された文字は「手紙舎《てがみしゃ》」と読めた。

「なんか、しゃれたお店があるのね、びっくりした。入ろうか。花、おなかすいたでしょ。ごはん食べちゃおうか」

意外にカフェ好きなおばあちゃんが提案し、花は大きくうなずいた。

ボードにクリップで留められた、問診票みたいなメニューをじっくりめくって読み、おばあちゃんがキーマカレー、花は魯肉飯《ルーローハン》を注文した。

ドリンクはおばあちゃんが紅茶、花は季節の自家製果実シロップのお湯割りを選ぶ。今はイチゴとキンカンのシロップの季節らしい。一度オーダーを受けた女性の店員がすぐに戻って来て、魯肉飯にのせるのが、今日は目玉焼きになってしまうけれど、それでいいだろうかと訊く。

花は、はい、と答えた。

店内に置かれたテーブルと椅子も、アンティークな木のものだった。まんまるのペンダントライトが、巨人の楽しむ線香花火みたいに、天井から吊り下がっている。

大きな飾り戸棚には、食器と本。逆さに飾られたドライフラワー。カウンター下の棚にも、本がずらりと並ぶ。

デジタル表示のパネルがついた石油ストーブがひとつ、店内を暖めている。

「あら、懐かしい」

おばあちゃんが立ち上がり、本を一冊取って戻った。宮本輝《みやもとてる》の『錦繍《きんしゅう》』。手紙のやり取りのかたちで書かれた、恋愛小説ということだった。

花は自分のバッグから、小さなスケッチブックと、筆記具入れにしているポーチを出した。

目に入ったものをさらりさらりと描く。

「花は絵がうまいね」

届いた紅茶を飲み、本をぱらりとめくっていたおばあちゃんが、花の手元を覗《のぞ》き見て言った。

「ううん。好きなだけ、描《か》くのが」

花の飲み物も届いている。抹茶茶碗のようなサイズの白いお碗に、シロップのお湯割りがたっぷりと入っている。一旦《いったん》ペンとスケッチブックを置き、両手でお碗を口に運んだ。甘くておいしい。ごろんとした果実もいい。ミントの葉を浮かせ、実をほぐすための木のスプーンが脇に置いてある。店内には、アコースティックな伴奏の、静かなボーカル曲が流れている。

「絵の学校に行ったら？」

「学校？」

花はまた首を横に振った。「行かない。教室にいるのが苦手だから」

「ここは？　ここは大丈夫なの？」

「ここは大丈夫、教室じゃないし」

花は笑い、本を読むおばあちゃんの絵を描きつづけた。

「描けたら、それ、ちょうだいね」

おばあちゃんの言葉に、今度はうなずいた。

やがてキーマカレーと、魯肉飯がテーブルに届いた。

どちらもぼてっと分厚く、素朴な印象のお皿に盛られている。

ひよこ豆が入ったキーマカレーには、目玉焼きがのり、にんじん、きゅうり、大根のピクルスと、たっぷりのベビーリーフが添えられている。

甘辛く煮た豚バラ肉を盛った魯肉飯には、よくほぐれた豚肉と一緒に、四つ切りの大きなシイタケが煮込まれている。

いつもはゆで卵がのるようだったが、最初に確認された通り、目玉焼きに変更されていた。付け合わせにタマネギとナスのマリネ、こちらもたっぷりと、ベビーリーフが添えられている。

両方食べてみたい、というおばあちゃんに、花がシェアを提案した。

カレーは、ぴりっと辛いね。

魯肉飯は、甘くておいしい！

祖母と孫らしい、そんな他愛のない感想を言い合いながら笑い、スプーンを口に運ぶ。がりり、と歯ごたえのあったものをおばあちゃんが口から出して、お皿の端にひとつ、ふたつとよけておく。魯肉飯に入っていたようだ。

「これは？」

通りかかったお店の人に訊ねると、

「八角《はっかく》です」

と教えてくれた。

「ああ！　中華の香辛料ね」

おばあちゃんがうなずき、

「ふふっ、当たりね」

笑顔で言う。

ぼてっとしたお皿に、小さな金継《きんつ》ぎがあるのも「当たり」。おばあちゃんは、なんでも楽しそうだった。がりりと噛《か》んだにしては八角の味がそんなにキツくない、甘くて食べやすい魯肉飯をまた口に運ぶ。

「おいしい、でもおなかいっぱい。あとは花がたくさん食べてね」

いきなりのギブアップに戸惑ったけれど、おばあちゃんだからそんなものだろう。花は無理せず、ゆっくりと食事をつづけることにした。

「なんで働こうって思ったの？　おばあちゃん」

花はぽつりと訊いた。法事の日から、やっぱり気になっていた。

「そうねえ」

おばあちゃんが言った。唐突な質問だったかと花は思ったけれど、問題ない。おばあちゃんはしっかり話したそうだった。

「わたしね。会計監査やったのよ、マンションの管理組合で。わかる？　会計監査」

「うん……なんとなく」

「会計を監査するの、そのまんまだけど。組合の会計が合ってるかどうか、確かめる係ね。おじいちゃんが亡くなったあと、順番で理事が回ってきちゃって。そしたら理事会で、その会計監査の役に勝手に決められて、わたし、できません、って、断ったんだけどダメでね。年度末に、組合の帳簿をもらって、もうわかんないから、決まった場所にハンコだけつこうかとも思ったんだけど、一応、やり方の手引き書がついてたから、念のため、その手引き書どおりに一つずつチェックしてたら、なんだか、管理人さんの不正を見つけちゃったの」

話の急な展開に、花はちょっと咳《せ》き込みそうになった。管理人さんの不正とは、まったく穏やかではない。

「まあ、不正っていうのは大げさかもしれないけど、ちょっとズル？　でもお金のことだから、やっぱりダメだし、頭来るんだけど、管理人さん、近所のお店で買うよりずっと高い備品を、管理会社の資材部みたいなところから何回も買ってたの。これ、なんでしょう、って理事長に知らせたら、なんだろうって話になって。総会で質問することになって大騒ぎ。そういう質問には個別で答えたい、って、総会の前に管理人さん本人から申し入れがあったらしいんだけど、つっぱねて。普段からずいぶん威張ってる人だったから、ちょっと楽しかった。あれは会社ぐるみだったのかもね」

おばあちゃんは言うと、小さく舌を出した。「でね、わたしも七十だけど、いろいろやってみたら、まだできるのかなって、バカみたいだけど思ったの」

「バカじゃないよ」

花は即座に答え、首を横にふった。話の腰を折られたおばあちゃんは、でも嬉《うれ》しそうに目を細めた。

「七十だけどね、あと十五年とか二十年とか生きるとしたら、その間、なにもしないのは、もったいないでしょ。たとえば二十歳から四十歳まで、なにもしないってことある？　もちろん元気さは違うけど、年数は同じじゃない」

「わたしは……」

なにもしない、かも、とひるみかけた花の気持ちを、勘のいいおばあちゃんが、すばやく察知してくれたようだ。

「いいの、花は今、力をためてるんだから。そういう時間はね、必要なの」

一転して言い聞かせるように、おばあちゃんがやさしく言った。

その声を聞きながら、花は自家製シロップのお湯割りの底、ゴロンと入ったキンカンの実を木のスプーンで口に運ぶ。甘すぎるほどの砂糖漬けの甘さが、今の花には心地よかった。

「昔の団地が、今もこんなふうに生きてるって嬉しいわ、ちょっとずつ形がかわって、おしゃれに、可愛くなって」

カフェを出ると、おばあちゃんが晴れ晴れとした口調で言った。

「楽しい？」と花。

「うん、楽しいわ。花は？」

「楽しいよ」

花は正直に答えた。「なんか古い建物って、面白いよね。昭和の人がここを使ってたのかって思うと、なんだかエモい」

「そうね。エモいのよね」

七十歳のゆりおばあちゃんが言い、楽しい、エモい、とふたりで盛り上がった。

「花の着てるそれ、なんていうの」

「フリースコート」

「フリー、スコート？」

「フリース、コート。フリースのコート」

「ふうん」

おばあちゃんは興味深そうに手を伸ばし、花のコートの袖《そで》をつまんでいる。

向かいの棟にある青果店に寄って、おばあちゃんが立派なゴボウと、ぬか漬けを買った。

ゴボウは家に帰ってから、きんぴらにするという。

「花、どうする？　夜ごはん、うちで食べない？　そのまま泊まれば？」

料理上手なおばあちゃんに訊かれ、花はおばあちゃんの腕にしがみついた。

第２棟
高田馬場　都営西大久保アパート

初夏のような日

1

花は自転車をこいでいた。

京王線の下高井戸《しもたかいど》駅から交番前を通って、あとは直進できる道を選ぶのに小さく迂回《うかい》するほかは、ひたすらまっすぐ走る。

まっすぐ。

まっすぐ。

まだ二月なのに、気温は二十三度まで上がっている。春の陽気を通り越して、もう初夏のようだ。途中で暑くなって、花は厚手のパーカーを脱いだ。今日の陽気なら、長袖《ながそで》のTシャツ一枚でちょうどいい。

やがて小田急線の高架に行きあたった。

高架沿いを駅前へ向かい、ロータリーを横目にしばらく行く。きゅっ、とブレーキをかけ、自転車をおりた。

「おばーちゃーん」

マンションの玄関で部屋番号を押し、オートロックを開けてもらう。

「どうしたの、急に」

部屋につくと、おばあちゃんがすぐにドアを開けてくれた。華奢《きゃしゃ》なサンダルをつっかけ、にこやかに笑っている。「いなかったら、どうするの」

「ん？　いたじゃん」

きれいに片づいた靴脱ぎに入ると、花は、えへへ、と笑いながら、おばあちゃんに手土産《てみやげ》のお菓子を差し出した。

「はい、チョコレート！　バレンタイン」

「あらまあ、ありがとう」

七十歳の根来ゆりおばあちゃんは、目尻《めじり》の皺《しわ》をぎゅっと深くした。紙の手提げの口を開き、ピンクのリボンがかかった小さな箱を、嬉《うれ》しそうに見ている。「わざわざ持って来てくれたの？」

「うん」

と、花はうなずいた。できればバレンタインの当日に届けたかったけれど、いろいろタイミングを計っているうちに、もう二十日になってしまった。「あと、おばあちゃんの好きそうな、団地のお店、見つけたから」

「団地の、お店？」

「そう」

「わたしの好きそうな？」

「うん」

「へえ、そうなの。まあ、それより、ほら、花、上がって」

ちょっと不思議そうにしているおばあちゃんの、早く上がれとうながす声を聞きながら、花はスマホを取り出すと、すばやく操作して、画面を見せた。「ここ！　団地のカフェ！　おいしそ〜！　今から行こ！」

「今から？」

うん、早く、早く、と今度は花のほうが、靴も脱がずに急かすと、おばあちゃんは、あらあら、と笑いながら、

「じゃあ、ちょっと待ってて、今、急いで支度するから」

と言った。

ICカードに現金をチャージしたついでに、花は目的地まで、おばあちゃんの切符を買った。

今日、おばあちゃんと出かけると伝えたら、母親が電車賃をくれたのだ。

「どこまで行くの？」

母親に訊《き》かれ、

「うーん……新宿のほう」

花は言葉を濁した。

「新宿のほう？」

「まだ、はっきりわからないから」

もちろん、心の中で行き先は決めてあったけれど、本当にそこに行くかどうかは、おばあちゃんの返事を聞くまでわからなかった。

というより、おばあちゃんに話す前に、誰《だれ》かに細かく説明したくなかったのかもしれない。

せっかくの、ふたりの楽しみだった。

「あ、そう。まあ、電車賃多めに渡しておくから、とりあえずＰＡＳＭＯにチャージしておきなさいね」

塾に行く小学生にでも言い聞かせるような注意をして、母親は千円札を三枚くれたのだった。

それを言われた通り、きっちり全額チャージしているのだから、十六歳の娘として、花はまじめなのだろう。

きちんと高校に通っていたら、そろそろモバイル定期に移行していただろうか。でも今は通学定期も買っていないし、昔から持っている記名式の、カード型のＰＡＳＭＯで十分だった。

おばあちゃんのぶんの切符を、はい、と手渡す。

「いくら？」

ＰＡＳＭＯもＳｕｉｃａも持たないおばあちゃんが、可愛《かわい》いこけしの絵がいっぱいついたがま口を手に言ったけれど、

「いらない、いらない」

花は、ひらひらと手をふって制した。

その仕草が面白かったのか、おばあちゃんは楽しそうに笑い、ありがとうね、とがま口をパチンと閉めた。

2

経堂から小田急線の急行に乗って、新宿まで三駅。そこからＪＲの山手線に乗り換えて、二つ目の高田馬場《たかだのばば》駅でおりた。

「戸山口、っていうほう。あっち」

ホームにおり、事前に調べておいた道順を、念のため花がスマホで確かめていると、

「今は、なんでもそれでわかるのね」

あらためて感心したように、おばあちゃんが言った。

「スマホ？」

「そう」

「おばあちゃんのも、スマホでしょ」

「わたしは、電話しか使わないから」

おばあちゃんは首を横にふった。花の見たところでは、その電話の使い方も、タップするのが苦手なのか、何度もパネルにタッチし直したり、魔法をかけるように大きく指を動かしたりと、正直、だいぶたどたどしかった。

おばあちゃんくらいの年だと、スマホのアプリをなんでも積極的に使いこなす人がいる一方で、新しい機能をあまり使いたがらない人もいる。おばあちゃんは明らかに使わないほうだった。

今おりた一番線の電車が、もう発車するようだった。

電子音のきらきらしたメロディが、ホームに流れている。

「この曲。漫画の、あれね。ららら、っていうやつ……鉄腕アトム！」

一秒くらいひっかかってから、おばあちゃんが明るい顔で言った。

花は知らない曲だったので、へえ、と答えた。なにかゆかりの地で、アニメの曲が駅の発車メロディに使われているのだろう。

戸山口はホームの一番新宿寄り、端の階段を下りた、小さな改札口だった。

おばあちゃんの足もとを気づかいながら、駅舎を出て、線路沿いを新宿方面へと戻る。このあたりはJRと並行して、西武新宿線の電車が走っているらしい。新宿線の銀色の車両が、手前を通り過ぎて行く。

道の左手には、進学塾があり……牛たんの自販機があり……大きな漢方薬局があり……和楽器店がある。「あら大変ね」とか、「なにこれ、めずらしい、こんな自動販売機があるの?」とか、「漢方は体にやさしいからね、あとでなにか買って帰ろうかしら」とか、「いい三味線《しゃみせん》って高いのよねえ、一〇〇万円以上するのよ~」とか。周りのものにいちいち目を留めて、喜ぶおばあちゃんと歩くのが、花には新鮮で楽しかった。

おばあちゃんの歩く速度に合わせても、四分ほどで大通りに出た。

通りの向こうには、いかにも真新しい、三、四十階ほどの高層ビルが建っている。それが地図の目印にもなっている、「ベルサール高田馬場」の入った建物だろう。地下がその名前のイベントホールになっていて、上はオフィスと住居らしい。

そっちへ渡る横断歩道を目指して行くと、「ベルサール」のビルの向こうに、十四、五階ほどはありそうな集合住宅が見えた。

建物の正面は段々に傾斜がついていて、道路に面した側が、青と白のストライプになっている。

その上の方に「5」という数字が見えた。

「あの建物じゃないかな。あそこにお店があるの」

「あれも団地なの？　マンションみたいね。お店は？　なんていうお店？」

いよいよ近くなって、ようやく興味がわいたのだろうか。今さらのように、おばあちゃんが訊く。

「リスカフェ」

「え、リスがいるの？」

「うーん、違うんじゃないかな〜わかんない」

下調べした範囲では、ひとまず動物とふれ合う系のカフェではなさそうだった。正式な店名は「Re:s」で、公式サイトを見ると、「笑顔がカエル場所」と文字が出る。「Re:smile」をちぢめてつけたのかもしれない。ただ、実際、店内にリスがいるかどうかまではわからなかった。「とにかくスイーツがおいしいんだって、さっき写真見せたでしょ」

「いいじゃない、スイーツ。急ご！」

おどけたおばあちゃんが、子供がかけっこをするようなポーズで腕をかまえると、一歩だけ大きく踏み出して、あとは通常のスピードで歩いた。

白木の看板に、横向きのリスのシルエットが描かれている。

そこに「Re:s」の太字。すぐ脇《わき》に「cafe bar&sweets」と細字で記されていた。

これが「リスカフェ」だろう。

店内を覗《のぞ》ける前面のガラスに、ケーキやパフェの写真が貼《は》りつけてある。中にたくさんのお客が見えたけれど、完全に満席というほどでもなさそうだった。

ガラスの向こうにかけてあるボードには、「OPEN」と記されている。

おばあちゃんとうなずき合い、ドアを開けた。

お店の人に見えるよう、ふたりの「ふ」の口をして、指をVの字に立てた花が先に進むと、店の奥のほうから、こちらへ向けて、もふもふの白い犬が走って来た。

リスではなくて、犬！

「あら、かわいい～」

おばあちゃんが甘い声を上げ、花も同意した。小型犬にしては脚が長い。トイプードルだろうか。

ずいぶん楽しそうに、花とおばあちゃんのすぐ脇をすりぬけて行く。店内をパトロールしているのかもしれない。

振り返ってその子の行く先を気にしていると、お店の人が出て来て、黒いレザー張りの、二人がけのソファ席を勧めてくれた。

「モンステラ、大きく育ってること」

おばあちゃんがふいに言う。

「なに、それ？　怪獣？」と花。

「いやねえ。それよ」

おばあちゃんが、ソファの後ろに置かれた、背の高い観葉植物を指さした。大きな葉っぱに、深い切れ込みがたくさん入っている。それがモンステラという植物らしい。モンスターに似た響きだから、語源は同じかもしれない。

ソファにおばあちゃんと並んで座り、荷物を床の布カゴに置いた。

さっき覗き込んでいたガラスのほうを、ソファは向いている。外にはこの団地の駐車場があり、さらに向こうに、ショッピングセンターの建物と、公共駐車場の入口が見えた。ガラスのこちら側には、雑誌の記事だろう、ケーキといっしょに、白いわんこが写ったものがいくつも貼られている。

先月行ったつつじヶ丘の手紙舎と同じく、季節のフルーツは、やはり「イチゴ」だった。写真入りのメニューを開けば、「イチゴ」で彩られたスイーツがたくさん並んでいる。ミルフィーユ、パフェ、苺《いちご》ミルク、苺大福……どれもボリュームたっぷりでおいしそうだ。

「どれにしよう」

花が本気で悩んでいると、

「たくさん頼んじゃいなさいよ」

きらり、目を輝かせたおばあちゃんが言う。「わたしも一緒に食べるし。いろいろ食べたらいいじゃない」

これは甘い罠《わな》、と思いながら、結局、花もいろいろ味わってみたい。スイーツが三つのったセットを頼むことにした。

おばあちゃんも、花が一緒だからと気持ちが大きくなっているのか、二種類のイチゴがたっぷりのった、大きなミルフィーユを選ぶ。

飲み物はおばあちゃんが紅茶。花は喉《のど》が渇いたからと、アイスのフルーツティーにした。

席からモバイルでオーダーするシステムだったので、花がふたりぶんの注文を済ませて、スマホをテーブルに置いた。

「今はこういう頼み方するのね。わたし、花がいなかったら、なにも頼めないね」

おばあちゃんが、ちょっとさびしそうに、口をとがらせて言った。「そうやって、年寄りを切り捨てるんだわ」

「いいじゃん、わたしがいるから」

花は笑顔で言う。「それに、もしスマホが使えなかったら、お店の人に注文すれば、ちゃんと聞いてくれるよ」

と、真っ当な意見も付け加えた。

3

落ち着いた木の床に、白い壁。壁の下の方に、茶色の腰板が張られている。逆に天井には板がなく、工場みたいに銀色のダクトがむき出しになっていた。ライティング用のレールには、スポットライトとペンダントライトが配置されている。

水もセルフだったので、花が席を立った。

ソファ席のすぐ後ろに、グラスのたくさん並んだテーブルがある。

「クリアウォーター」と書かれたピッチャーではなく、オレンジやグレープフルーツのスライスがたっぷり詰まった「ビタミンウォーター」と書かれたサーバーから、グラスふたつに注いだ。

カウンターとテーブル席はどちらもウッディで、そこを抜けた奥に、引き戸の上半分がガラスになった作業場が見えた。ケーキを作る厨房《ちゅうぼう》だろう。

そしてテーブル席もカウンター席も、見事に若い女性客でいっぱいだった。

さっき飛び出してきた白いもふもふ犬は、お店の人気者らしい。あちこちの席から呼ばれている。

「いいなあ、犬。触りたい」

水とお手ふきを運んでソファ席に戻り、花は言った。そのすぐあとだ。声に応《こた》えるように、白い犬が走って来た。

真ん丸の黒い目と黒い鼻。

きれいに毛をカットされた頭と耳のあたりが、おかっぱみたいに見える。

花とおばあちゃんが手招きするよりも早く、わんこはふたりの間に、ぴょん、と飛び乗った。

「あら、あらら」

ゆっくり抱き寄せようとしたおばあちゃんの腕の中で器用に回転し、そこが自分の居場所だとでもいうように、馴《な》れた様子で、すっ、とその場におさまっている。

「あら、かしこいねえ」

おばあちゃんが嬉しそうにわんこの背をなでた。

かしこいねえ。

かわいいねえ。

かしこいねえ。

かわいいねえ。

以前、新百合ヶ丘の家で飼っていた、雑種のポーターのことを思い出しているのかもしれない。ポーターも白い犬で、いつもおばあちゃんについて回っていた。

花が覚えているのは、だいぶ老犬になってからだったけれど、ソファに座るおばあちゃんの横で、ぴったりと体を寄せて、よく安心したように眠っていた。

小さかった花がポーターと遊ぼうと、ポーちゃん、ポーちゃん、と呼んでも、全然起きなかった。それなのにおばあちゃんが席を立つと、すぐに起きて、追いかけて行く。

「この子、お名前は？」

カトラリーを運んで来てくれた女性に、おばあちゃんが訊いた。

「もちです」

「もち？　おもちの、もち？」

「はい」

「もち、ちゃん。おいしそうな名前ね」

おばあちゃんは犬に話しかけてから、また女性のほうを向いた。「プードルかしら。何歳？」

「六歳……です」

「女の子？」

「はい」

「ねえ、花。もちだって。もちちゃん。六歳の、プードルの、女の子」

お店の人にお礼を言ってから、おばあちゃんが花に教えてくれる。おばあちゃんには、ときどき花が四、五歳の頃と同じに見えるときがあるのかもしれない。

「うん、聞いてた」

うなずきながら、花も「もち」の背中をなでた。

先に飲み物が届き、花は目を見開いた。

「でっか！」

「あらあら、すごい量ね」

「これ、おばあちゃんの顔くらいあるよ！」

花の頼んだアイスのフルーツティーだった。メニューの写真はもっと小ぶりなものに見えたのに、あちらはホットのグラスだったのだろうか。

それともグラス単独の写真で、大きさがよくわからなかったのか。

「おばあちゃんの顔くらい」は大げさでも、取っ手のついた丸いグラスはそれに近いサイズで、中にたっぷりの果物と紅茶が入っている。

果物は、りんご、ブルーベリー、イチゴ……桃？……マンゴー？……半分凍っているのか、ぎゅっと固まった状態で浮かんでいる。

まずはストローで冷たい紅茶を、つーっと吸った。

ほんのり甘く、爽《さわ》やかな味がする。

それから、柄の長い、銀のスプーンで果物をつついた。でも、まだほとんど崩れなかった。

アイスティーを飲みながら、ゆっくり溶けるのを待てばいいのだろう。

可愛い白犬は、ソファをすたっと降り、また店内パトロールをはじめている。

スイーツがすぐに届いた。

こちらも十分に派手で、「わーっ」と喜びながら、おばあちゃんと顔を見合わせた。

花の頼んだ「リスカフェ大福セット」は、まさに切り株そのまま、木を輪切りにしたプレートに、三種類のスイーツがのっている。

三段の細長いミルフィーユ。ろうそくの火のように、イチゴを一つのせた真っ白な大福。同じく頭に生クリームをこんもりとのせたプリンは、濃い色のカラメルの池に浸かり、足長のグラスで供されている。

木の実を抱えた、ミニチュアのリスのフィギュアまで、プレートにちょこんと飾られていた。

ボリュームはありすぎだけれど、可愛いし、豪華だし、もちろんテンションは上がる。

おばあちゃんの頼んだ「淡雪とちあいかのミルフィーユ」も、シンプルだけれど、やはり豪快だった。

十センチ角ほどのパイ生地に、分厚くクリームを挟んで三段。一番上には、二種類のイチゴが三個×三列、計九個ものっている。小ぶりな五つの実が赤く、大きな四つの実は白っぽい淡雪という品種だった。

「ミルフィーユは崩れやすいので、一段目を外して切ると、切りやすいですよ」

店員さんが教えてくれたので、花もおばあちゃんも、その通りにして食べる。

さくさくのパイ生地と、あっさりめのカスタードクリームが、新鮮なイチゴの酸味とまじわっておいしい。

花のセットについたミルフィーユは、赤いイチゴだけが三つ並んだ細いものだったから、あとでおばあちゃんに、白っぽい品種のイチゴを一つ分けてもらおうと思った。

花はプリンをひとすくいして、口に運んだ。

思ったより、やわらかめのプリンだった。ほろ苦いカラメルと、ホイップクリームがよく調和している。

べろんと雪のように薄い餅《もち》のかかった大福の中身は、あんことホイップクリーム。幸せな気分になる。

「おいしい?」

おばあちゃんに訊かれ、

「おいしい!」

花は力一杯答えた。


「もち」がまたソファに戻って来て、スイーツを分けっこして食べる花とおばあちゃんの間に、ちょこんと座った。

人の食べる物をくれくれと欲しがらない。よくしつけられているのだろう。

花は小さなスケッチブックを取り出すと、イチゴのたくさんのったスイーツと、可愛い白い犬の絵を描く。

イチゴを頰張《ほおば》るおばあちゃんの顔も。

さらさら、さらさらと。

フルーツティーの果物が、ようやく溶けてきたようだ。

スプーンで剝《は》がしながら、果実をすくって食べる。ブルーベリー。りんご。イチゴ……しゃりしゃりとフローズンなのが楽しい。見た目で桃かと思ったのは、崩して、口に入れてみると、グレープフルーツ。マンゴーかと思ったのはみかんだった。

「それ、いいわね。今度、うちでも果物が余ったら凍らせておこうかしら。そしたら花が遊びに来たとき、フルーツのアイスティー作れるじゃない」

そろそろ満腹らしいおばあちゃんが言う。半分残った「淡雪ミルフィーユ」のお皿を、そっと花のほうに押した。

4

名残《なごり》惜しい「もち」と別れて、リスカフェを出た。

カフェの並びに、同じくらいの間口の台湾《タイワン》料理店と、ラーメン屋さんが見える。アイスティーのフルーツはべつとして、スイーツのセットと、おばあちゃんのミルフィーユの半分もきちんと食べた花は、もちろん満腹だった。

「ちょっと歩こうかね」

と、おばあちゃんが言った。

「デートみたい」

花が言うと、おばあちゃんは笑った。

通りを渡り、オレンジコート専門店街、と書かれたショッピングセンターの大きな案内板を眺めた。

そこにはスーパーがあり、カフェとキッチンがあり、スポーツジムがあり、チケットショップがあり、日本料理店があり、仕立屋さんがあり……三十以上もお店があるようだった。

「ずいぶんと便利な場所だね」

感心するおばあちゃんと、ショッピングセンターではなく、隣にある都立の公園に足を踏み入れた。

公園の散歩道を歩くと、すぐに芝生の広場がある。

おばあちゃんが、そこに植わった木を見上げ、

「桜かしら、これ……うん、桜ね」

ひとり言みたいに言った。

「へえ、桜」

花も応じて、木を見上げた。初夏のような日だったけれど、まだ枝の花芽が膨らんでいる様子はなかった。

「おばあちゃん、面白かった？　さっきのお店」

あらためて花が訊くと、

「うん、面白かったわ」

おばあちゃんが言った。「でも、花。どうやってあのお店、見つけたの？　スマホ？」

スマホを手に持つポーズをして、おばあちゃんが訊く。

うん、と花はうなずいた。

『団地』『カフェ』で検索したの」

「へえ、面白い選び方したんだね」

「ふつうだけど」

花は小さく首をかしげた。スマホでの検索の仕方が、おばあちゃんにはあまり伝わらないのかもしれない。

広い都立公園を抜けると、こちらはこぢんまりとした、五階建ての「官舎」があった。古い団地と同じような建物だったけれど、看板によれば、公務員のための住宅らしい。

その敷地を抜け、神社のある通りのほうへと出た。

「この前、神代団地に行ってなつかしかったのに、またべつの団地を見て、お茶飲んで、お散歩するなんて思わなかったわ」

しみじみと口にするおばあちゃんの言葉を聞いて、花はまた首をかしげた。でも、なんとなく聞き流してしまう。

「次はどこの団地行く?」

大通りの脇をショッピングセンター、オレンジコートのほうへ戻りながら花が訊くと、

「ねえ、花。ひとつ訊いていい？」

花のほうをじっと見て、おばあちゃんが言った。

「いいよ」

「どうして、また団地なの？」

「え、だってこの前、おばあちゃんが、団地が楽しい、エモい、って」

エモいは、花に合わせて言ってくれた言葉だったけれど、それでずいぶん盛り上がったはずなのに、もしかして……あれは一度きりで終わった話だったのだろうか。

「わたし、いっぱい調べたのに。団地にあるお店。これから、おばあちゃんといっしょに行こうと思って」

かっ、と顔が赤くなるくらい、急に自分の空回りがはずかしくなっていると、

「え、そうだったの？　ごめん。花。ごめん」

おばあちゃんがずいぶん慌てたように言った。完全に、孫の機嫌を取る祖母の顔になっている。

「じゃあ、ふたりで毎月一回、団地旅しようか。ね、花、そうしよ」

おばあちゃんが提案し、うん、と花は答えた。

「もち、かわいかったなあ」

「うん、もち、かわいかったわね」

「おばあちゃん、ポーちゃんのこと思い出してたでしょ」

「ポーちゃんは、いつもいっしょにいるのよ」

そんなことを話しながら、高田馬場の駅を目指す。

「でも、今日、わたし、そっくりな子を見たのよ」

おばあちゃんが言った。目を細め、うん、うん、とうなずいている。

「どこで？ ずるい！ わたしも見たい」と、花。

花もポーターのことは、大好きだった。生きものが亡くなって、こんなに悲しい思いをすると知ったのは、ポーターがいなくなったときがはじめてだった。

おばあちゃんについて歩くポーターのことを、花はよく追いかけていた。

「ん？ 今日、うちにいたらね、ポーターにそっくりな子が急に走って来て、いつまでも玄関の靴脱ぎから上がらないで、一緒に出かけよう、一緒に出かけようって、あきらめないの」
え。
それって、
わたし?
花がゆっくり自分の顔を指差すと、
「正解!」
と、おばあちゃんは笑った。

第３棟
豊洲　豊洲四丁目団地

ふたりだけの遠足の日

1

三月で花は十七歳になった。

学校へ行かないと決めてから、もう一年が経《た》つ。

本来なら、その時点ですっぱりと学校をやめるつもりだったのに、

「次の予定が決まらないなら、とりあえず休んでおきなよ。今年のぶん、学費も払っちゃったし」

二年生のはじめになって父親になだめられ、そのままになっていた。

ただ、そのときの約束通りなら、花が休学中なのは、いよいよ今月まで。そろそろ退学届を学校に出さなくちゃいけないかもしれない。

「ねえ、学校ってどうやってやめるのかな。やっぱり、退学届を出すの？」

根が真面目《まじめ》な花は、何度か、母親には相談したのだけれど、

「そうね、なんか書類でも書くのかしらね。それより花、お昼ごはん、なんにしようか」

その都度、うやむやにされた。

とにかく今は、退学の話を先のばしにしたいのかもしれない。

なんとなく花にはそう感じられたけれど、ただ単に、在宅でやっている翻訳の仕事が忙しい時期なのかもしれなかった。

あまりカリカリするタイプではなかったけれど、やはりそういうときには、母親だって家族の相手は面倒くさくなるのだろう。なにを話しかけても、明らかに上の空、ということもあった。

それでもちょっとずつ、ちょっとずつ話を進め、

「直接、わたしが行かなくても平気？」

「うん。平気じゃない？」

「じゃあ、お母さんが行ってくれる？」

「うん……でも、その前に、一回お父さんとも話しなさいよ」

最終的には、海外出張中の父親の了解を取るようにと説得された。

「今月の終わりには帰って来るから、そのときでいいじゃない」

「それじゃ遅くない？」

「遅くない、遅くない」

母親は簡単に答えたけれど、根拠はきっとない。

花は仕方なく、父親に連絡を取ってみることにした。出張先は、アメリカのどこか。通話だとまたうまくはぐらかされそうだったから、

「学校のこと、はっきりさせたいんだけど。こっちで手続き進めちゃっていいよね」

相談ではなく、通達といった調子でＬＩＮＥのメッセージを送ると、

「ん？　今月帰るから、そんとき話そうか。あわてない、あわてない！」

こちらからも、やっぱり先のばしの返事が届いた。

だから学校のことは、まだ宙ぶらりんのままになっている。

もっとも、あらためて手続きなんてしなくても、時期がくれば、高校のほうで勝手に退学にしてくれるのではないだろうか。

あるいはもう、とっくに退学が決まっているのかも。

いずれにしろ、花の側に学校に戻る気持ちはないのだから、わざわざ期限を気にして、やきもきする必要もないはずだった。

花はそう思い直して、ようやく少し気持ちを落ち着けることができた。

それより問題なのは、学校をやめたあとのことだ。

なにをしたらいいのか。

なにがしたいのか。

花は先のことを、まだひとつも決めていなかった。

2

三月のおばあちゃんとのお出かけは、これまでで一番早い時刻の出発になった。

天気のよさそうな日を選び、前もって電話で予定を伝えると、

「あら、十時前に出かけるの？　早いのね。だったら前の晩から、こっち泊まっちゃえば？　十時なんて、なんだかホテルのチェックアウトみたいじゃない。いらっしゃいよ、ホテルグランマへ」

おばあちゃんが冗談ぽく誘ったけれど、花は少し考えてから、やっぱり当日の朝に行くと返事をした。

寒の戻りというのか、ここ三日ほどは、気温が低く、雨がふったり止《や》んだり、風も強い日がつづいていた。

それが一転、金曜日には穏やかな陽気になるという。

その天気予報は当たり、おばあちゃんと約束した金曜日は好天だった。お昼に向けて、春らしいまでに気温も上がるらしい。

窓から見た青空に目を細めてから、花が出かける支度をしていると、

「ねえ、花。今日はどこに行くの？」

母親が近寄って来た。学校をやめる相談をするとよそよそしいのに、そうでないときは、逆にぐいぐい、埋め合わせのように花に構ってくる。

「教えない」

「なんでよ」

「おばあちゃんとの楽しみだから」

花が言うと、またそれ？　とばかりに母親は呆《あき》れた顔をしてから、ふっ、と笑った。

「なにかあったときに困るから、どこへ行くかくらい言いなさいよ」

「無理」

「そんなこと言わないで、お小遣いあげるから」

「お小遣い……」

「あるの？」

「ない」

「いる？」

「……いる」

花は素直にうなずいた。そこはまだ十七歳。保護者に頼って生きている身だった。

「で、どこに行くの？」

「豊洲《とよす》」

お小遣いに負けて、花は正直に答えた。五、六年ほど前、築地《つきじ》から魚河岸《うおがし》が移転して有名になったけれど、それ以前は、東京っ子の花でも、正直ほとんど聞いたことのない地名だった。

生まれ育った杉並から、ちょっと距離があるからかもしれない。

「豊洲市場？」

同じく母親も、そっち方面にはあまり馴染《なじ》みがなさそうだった。「へええ、行ったことないわ、わたし」

「市場には、行かないけどね」

「市場行かないで、どこ行くのよ。豊洲」

「ひみつ」

それ以上は答えなかったけれど、母親が約束通り、生活費のお財布から今日のお小遣いを出してくれた。

「おばあちゃん、なにか変わった様子とかない？」

「ない」

「元気？」

「元気」

「そう。じゃあよかったわ、おばあちゃんも、花に似て、へんに秘密主義なところがあるから……あら、逆かしら。花がおばあちゃんに似たのね」

おばあちゃんの実の娘である母親が、ちょっと笑いながら、どこか安心したように言った。「でも、もう七十歳だからね。花、いろいろ気をつけてあげてね。足もととか」

言われなくても、それくらいはわかっている。

花は、はーい、と手を上げて答えた。


おばあちゃんのマンションに着いたのは、約束よりも早い、九時半すぎだった。オートロックを開けてもらい、一旦《いったん》、部屋まで迎えに行って、すぐに花柄のおしゃれなスカーフを巻いたおばあちゃんといっしょに出かける。

小田急線の経堂駅から、今回の目的地・東京メトロ有楽町線の豊洲駅までは、電車の乗り換えが二回あり、駅まででも五十分近くかかった。

「5番の出口がいいみたい」

スマホの地図アプリを立ち上げて、同時に構内の案内板でも確かめて、きちんとルートを決めた。

地下通路を抜けて、5番出口から地上へ出れば、目的地に一番近いらしい。

「今日はどこに連れてってくれるのかしら。うふふ。便利ね、スマートフォンと孫娘」

行く先を知らされない、びっくりバスツアーにでも参加した気分でいるのか、楽しそうにおばあちゃんが言う。

「はーい、じゃあ、出発でーす」

そのおばあちゃんをうながして、花は歩きはじめた。黄色い点字ブロックの帯がつづく地下通路の足もとには、天井の照明が、逃げ水のようにぼわっ、ぼわっと白く反射している。

「あ！　ここ、階段だけだった。おばあちゃん、大丈夫？」

エスカレーターもエレベーターもない、5番の出口で急に気づかうと、

「大丈夫よ。花とお散歩に来てるんだから。運動、運動」

と、おばあちゃんは笑った。「それにまだ七十歳だからね、同い年のテラタニさん、めっちゃ現役で働いてるって」

よいしょっと、おばあちゃんは大げさなかけ声を一つかけてから、階段をのぼりはじめた。べつに花が足を止めるまでもなく、すたすた、すたすたと、ほとんどいっしょに地上へ出る。

やはり外はいいお天気だった。

片側四車線の晴海通《はるみどお》りに面した、広い歩道に明るく日が射《さ》している。ちょうど案内地図のボードが立っていたので、その前でおばあちゃんが息を整えるのを待った。

赤く記された「現在地」から、目指す団地まで、花はあらためて地図で道をたどる。

「はい、行こうか」

と、おばあちゃんが言うのを聞いてから、ふたりで日の中を歩きはじめた。

駅の5番出口から、二回曲がるともう目的の団地の入口だった。

背の高い生け垣の先に、豊洲四丁目、TOYOSU　4、と記された、パーティションふうのおしゃれな看板が立っている。

「おばあちゃん、ここ」

「へえ、しゃれてるわね」

「お店、あっち」

一番手前にある棟は、パッと見ても十階建て以上で、その一階に、店舗が四軒並んでいる。

右から美容室、寿司店、中華料理、まぐろ問屋。

寿司店のほうへ向かいながら、

「ここ」

花はおばあちゃんに言った。

「あら、お寿司屋さんね！　すきやばし、次郎……豊洲店」

入口の上にかかった看板を読んだおばあちゃんが、目を丸くした。「え！　こんなところに？」

おばあちゃんによれば、「すきやばし次郎」は銀座の有名な寿司店で、十年ほど前、来日したアメリカ大統領を、日本の総理がもてなしたお店としても有名とのことだった。当時の安倍《あべ》首相とオバマ大統領が、お寿司屋のカウンターに並んでいる写真が広く報じられたようだった。そこの支店か、のれん分けなのだろう。

「大丈夫なの、花」

おばあちゃんが、あきらかに気後れした表情をした。なんなら一歩、後ずさったかもしれない。「ひとり何万円もするお店よ、すきやばし次郎って。花、悪いんだけど、わたし、さっきから、ちょっとお腹の調子が……」

「大丈夫！」

きちんと下調べをした花は言った。べつに母親から、そんなにたくさんお小遣いをもらってきたわけでもない。「お昼に、サービスランチがあるの、このお店」

「サービスランチ？」

「にぎり一・五人前で、一八〇〇円！」

「へええ、そうなの。いいじゃない。それなら大丈夫ね」

あっさり腹痛が治まったのか、おばあちゃんがまた前のめりになった。

3

準備中の札が下がった入口の前には、サービスランチの説明をするメニュー板が出されている。

サービスランチは、月―土の十一時十五分〜限定十五食。

にぎり一・五人前で、値段は花が調べて来たとおり、一八〇〇円。小鉢とお吸い物付き。

内容を確認し、スマホで時刻を確かめると、十時五十分だった。

とりあえずここで待てば、一番に入れてもらえそうだった。

「待ってたほうがいいよね」

「それはそうよ、せっかく早く来たんだから」

「でも、まだ三十分近くある」

話していると、スーツ姿の中年の男性がひとり近づいて来て、指揮台みたいな、サービスランチのメニュー板を見てから、すっと離れて行った。

「様子を見に来たのかね、あの人」

「そうだね、きっと」

花が同意すると、今度はベビーカーを押した若い女性が近寄ってきて、やはりメニュー板を見て去って行く。こちらはランチ会の下見にでも来たのかもしれない。

十分ほど入口の前で待っていると、引き戸が開いた。

店主らしい男性が、手早くのれんをかけ、準備中の札を営業中にひっくり返すと、「どうぞ」と招き入れてくれる。

まだ開店の時刻まで少しあるはずだったけれど、ふたりが待っているのを見て、早めに開けてくれたのだろう。

店内はカウンターと、うしろにテーブル席が二つあった。

花とおばあちゃんはカウンターの一番奥に案内され、ほどなく入って来た三十代くらいの男女が、やはりカウンターの手前側の席についた。

すぐにおかみさんが熱々のお茶と、おしぼりを持ってきてくれる。

それから小鉢と、お吸い物の椀《わん》が届く。

その様子を見た店主が、付け台に寿司下駄を置き、そこにガリを盛った。ほんのりピンク色をしたきれいなガリを、山のように、たっぷりと。ガリのわんぱく盛り、とでも呼びたいくらいに。

お昼のメニューはサービスランチのみなのか、とくに注文しなくても、支度が進んで行く。

白衣に和帽子の店主が、ネタを握りはじめた。

おばあちゃんと花の寿司下駄に、それぞれ二貫ずつ、すっ、と出してくれる。

もともと、一・五人前ずつ、寿司桶かお皿に盛って出てくるランチを想像していたから、カウンター越しに握って出してくれるスタイルにまず感激した。きっとどのネタも、握りたてを食べてほしいのだろう。

最初の二貫は、まぐろの赤身と、イカだった。

寿司下駄にふたつ並んだ、紅白の姿が美しい。

「お、い、し、い」

ちょん、と醬油《しょうゆ》をつけ、まぐろを口に運ぶと花は思わず言った。上品でさっぱり、さわやかな味がする。熱いお茶をいただき、きれいなイカをつるんと舌にのせ、ゆっくりと嚙《か》みしめる。

「あら、おいしい。うんうん、間違いないわね〜」

同じくまぐろとイカを食べたおばあちゃんが、にこにこと、まるで常連客みたいに言う。

「おいしい。でも、こんなに食べられるかしら。一・五人前よね」

付け台の向こう、ショーケースに並んだネタを見て、おばあちゃんが言う。

「ごはん、少なくも握れますよ」

きりっとした中に、かすかにはにかんだ表情を浮かべた店主が、おばあちゃんに声をかけた。年の頃《ころ》は、おばあちゃんよりも少し上くらいだろうか。

「本当？　じゃあ、わたし、小さくね」

「お嬢ちゃんは？」

「わたしは全然大丈夫です」

一・五人前を食べるためにお腹を空かせてきた花が答えると、店主が次のネタを用意した。

こりこりで、歯切れのよいタコがひとつ。

「お、い、し、い」

花はまた感激すると、お吸い物を一口飲み、小鉢をいただいた。

小鉢はこんにゃく、ごぼう、にんじん、がんもの含め煮。わかめと白髪ねぎがたっぷり入ったお吸い物も、どちらも薄めの味つけで、ほっとする。たぶん、にぎりの味をうまく引き立てる塩加減なのだろう。

つづいて置かれたのは、コハダと鯛《たい》の二貫だった。

ふだん光り物はあまり食べない花も、酢がきいて、よくしまったコハダはぺろりといただいてしまった。そのあとで白身の鯛を、しみじみと味わう。

気づけばカウンターはいっぱいで、うしろのテーブル席で待つ人もいるようだった。

店主は黙々と、スピーディーに、全員の寿司下駄に、サービスランチのにぎりを提供している。

花とおばあちゃんの前には、身が厚い海老《えび》一貫と、にぎりではない玉子焼きが、一口で食べられるように四角く二枚置かれた。

「う〜ん！　海老、甘くておいしい」

「そうねえ！」

今日はもりもり食べるおばあちゃんと、うなずき合う。

次の二貫。ぷるんとした活きのいいホタテにはワサビがよく利いていて、脂がのっていて輝くアジの下には、薬味のねぎがたっぷり隠されている。

そして満を持して登場したのが、ツメをさっと塗って出された穴子だった。

「やわらかいんで、気をつけてくださいい」

店主の声にうなずき、花は丁寧に箸《はし》をのばす。

あたたかで、ふんわり、やわらかな穴子は、甘いツメといっしょに、口の中で、すっ、と溶けた。

手のかかった職人の仕事だ、と花は感激した。あまりのおいしさに、おばあちゃんと顔を見合わせて、ニコッと笑う。もうここまで十分に食べているのに、おかわり、とすぐに言いたくなる味だった。

「わたし、これ、あと十個食べられる！」

「もう、花ったら」

おばあちゃんが、くすっと笑う。

いつもは花に、食べて、と頼んでくるおばあちゃんも、すごい勢いで、ぺろりと食べてしまった。

花はちょっと恨めしく、おばあちゃんの横顔を見た。

「あとは巻物です」

まぐろとお新香《しんこ》の巻物は、寿司下駄に置かれた瞬間、海苔《のり》の香りがふわっと漂ってくる。

食べ終わるのがもったいない。ひと巻ずつ味わいながら、大切に食べた。

最後にお茶をいただき、花は、ふーっと満足の息をもらした。

おばあちゃんも同じく、ふーっと息をついている。

「待ってる人もいらっしゃるから、もう行きましょ」

余韻もそこそこに、おばあちゃんが、とん、と湯呑《ゆの》みを置いたので、それを合図に、席を立った。

先に外へ出た花がスマホで確かめると、ようやく十一時半を回ったところだった。

「おばあちゃん、わたし、自分のぶん払う。お母さんからお小遣いもらってきたし」

会計を済ませて出てきたおばあちゃんに言うと、

「いいよ、いいよ、これくらいなら。なにかのために取っておきなさいって」

おばあちゃんがやさしく言い、花の背中をぽんぽんと叩《たた》いた。「じつはね、花と神代団地に行ったあとで、おじいちゃんのへそくりを見つけたのよ。おじいちゃんが大事にしてた植物図鑑をパラパラとめくってたら、挟んであったの、お札。それも、〈ユリ〉のページに！　おかしいでしょ、これで花と遊びなさいっていうことかな、って思ったら嬉《うれ》しくて。うふふ」

ゆりおばあちゃんの幸せそうな言葉に、花は、へえ、と感心した。

「今日は最初、お店の名前見てびっくりしちゃったけどね。明日から、しばらく一日一食にしなきゃいけないかしらって。でも、さすがにちゃんと修業した職人さんは違うわね。サービスランチなのに、お代の何倍も楽しませてもらったわ。お昼前から、本当に贅沢《ぜいたく》な時間を過ごさせてもらって。花、ありがとうね」

「ううん、わたしもおばあちゃんとのお出かけ、楽しいよ」

花が素直な気持ちを伝えると、おばあちゃんは嬉しそうだった。

あれがおいしかった、これがおいしかった、あれもこれも、と話しながら、団地の敷地内を散歩させてもらう。

いつ建ったものかは知らないけれど、きちんと手入れされ、たっぷりと敷地があり、あちらこちらに木の植えられた団地だった。

十何階建ての棟が、四、五棟。

各戸のベランダにあるコンクリートの目隠しが、ゆったりと左右に波打つようなかたちにデザインされていて、こだわりの建築なのがわかる。

保育園の入った建物を抜けた先に豊洲の運河があった。

「わあ、すごいね、大きな川」

「あっちは倉庫かしらね」

釣り糸をたらしている人も見える。こちらの運河沿いは「潮風の散歩道」という名の、遊歩道になっていた。

たっぷりとした水面を走る小型船を眺め、子供と散歩するお父さんや、ランニングする人たちを眺める。

もし「すきやばし次郎」のサービスランチが売り切れていたら。

二つ隣にある「まぐろ問屋西川」でなにかお弁当を買って、運河を見ながら食べてもいいかなと思っていた。もっとも、さっき見たところでは、「まぐろ問屋西川」は今日まだ開いていなかったし、運河沿いは本当に散歩道で、見るかぎり座って休めるような場所は、団地の敷地内にあるベンチしかなかったけれども。

それでも花が今日の別案を披露すると、

「あら、いろいろ考えてくれてたのね、ありがと」

おばあちゃんが嬉しそうに言った。

「潮風の散歩道」は歩かずに、団地を抜けて戻り、花だけが、さささ、と走って「すきやばし次郎」の前まで行くと、サービスランチはもう完売で終了。入口ののれんも仕舞われていた。

「終わってた！」

急いで戻り、おばあちゃんに報告した。

「やっぱり！　食べられてよかったね〜」

うなずいたおばあちゃんと、バディのように笑い合う。

「今日はまだ、これで終わりじゃないよ」

花がにこにこと言った。「これからバスに乗るよ！」

来た道を戻り、小学校の前を通ると、ちょうど卒業式をやっているところだった。保護者への挨拶《あいさつ》らしいアナウンスが聞こえ、校庭にはＭＩＳＩＡの曲が流れている。

駅までは行かず、手前の「深川五中前《ふかがわごちゆうまえ》」のバス停を利用して、お台場《だいば》のほうを目指した。

バスの後部座席に、おばあちゃんとふたりで座る。

「わあ〜、橋わたった〜」

「あ。左見て！　劇団四季《しき》！　ライオンキングやってる！」

「有明《ありあけ》テニスの森だ！」

「このへん、東京オリンピックのところだ」

都営バスにゆられながら、道の広い、近未来都市のようなルートにいちいち大騒ぎをするのが楽しかった。

十七、八分ほど乗って、「お台場海浜公園駅前《だいばかいひんこうえんえきまえ》」のバス停でおりた。

横断歩道を渡って、海岸のほうへ向かう。

「うわー、すごい。海だ！　ここ、見たかったの」

「海だねえ。いつぶりかしら、海なんて」

おばあちゃんと話しながら歩き、道路から砂浜におりた。

ざくり、と靴が白い砂にめり込む。

向こうにきらきらと光る海と、青い空、大きなレインボーブリッジが見える。

人工の広々した砂浜には、カモメが何羽もおり立ち、集まってはしゃぐ修学旅行生たちや、犬を散歩させる人、カップルも大勢いる。

しばらく砂浜の様子をうかがってから、花はおばあちゃんと、波打ち際まで歩いた。

途中、足もとに大きなクラゲを見つけて、ちょっとよける。

「おばあちゃん、わたし、これから、なにしよう。なにしたらいいのかな」

波打ち際から、パノラマみたいな景色を眺めながら花は訊《き》いた。

「それは、なんでもできるよ」

いつだって、おばあちゃんはやさしい。

「わたし、決めた。学校は、やめる！」

花は言った。今日はそれを決めるために、ここへ来たのかもしれない。

「時間はかかるかもしれないけど、好きなこと、いろいろやってみる」

青い空と海。レインボーブリッジの向こう側に、蜃気楼《しんきろう》みたいなタワーマンションが、いくつも立っているのが見える。

「……ダメでもいいよね。もし、ダメでも」

「ダメでもいいよ、花がやりたいことをおやり。いつだって、わたしは花の味方だよ」

おばあちゃんが、ひときわやさしい声で言った。

第4棟
狛江　都営狛江団地＋
国領　都営調布くすのきアパート

桜を楽しむ日（前編）

1

おばあちゃんとお花見に出かけたのは、四月のはじめだった。

今年は暖冬で、桜の満開がずいぶん早そうだったのに、三月になってから急に冷える日がつづいて、開花まで時間がかかったようだ。

テレビの天気予報も、はじめ三月二十日過ぎだった桜の開花予想を、のきなみ一週間ほどうしろに修正していた。

実際、都内で花が開いたのは三月末で、ぼちぼち見頃《みごろ》になってきたのは、四月に入ってからだった。

「おばあちゃん、明日、お花見しない？」

花が電話をかけて誘うと、

「いいわよ〜」

おばあちゃんは喜んでくれた。

「あら、またおばあちゃんとお出かけ？　いいわね〜気をつけてね」

翌日、やけに愛想のいい母親に見送られて、

「行ってきます！」

と、花は明るく自宅を出た。

いつも通り、自転車でおばあちゃんのマンションまで行き、そこからふたりで電車を使う。

小田急線の経堂駅から狛江《こまえ》駅までは、各駅停車で五駅、十分もかからなかった。

駅北口の広いロータリーから、ちょうど来た「調布駅南口《ちょうふえきみなみぐち》」行きのバスに乗る。

おばあちゃんと並んで座り、日を浴びながら窓の外の景色を眺めていると、狛江市役所

前の交差点を左折したあとは、ずっと真《ま》っ直《す》ぐ走る。あっという間に「都営狛江団地《とえいこまえだんち》」のバス停についた。

通りを渡ったところが、すぐに団地だった。

五階建てのベージュの棟が、たっぷり間隔をおいて建てられている。

きれいな植え込みと、少し古びた自転車置き場がつづく。

左手の前方に商店の並ぶ棟が見えたので、少し早めにそちらへ渡った。

バリアフリーに対応したスロープのついた棟があり、その先に二棟、建物の向きを変え、通りに面してお店の並ぶ棟がある。

その二棟の前にだけ、歩道に屋根がかかっていた。

一棟目にあるのは、シルバー相談室、理容室、デイサービス……あとはシャッターが下りている。

ふと右手を見ると、さっきからつづく五階建てのベージュの棟の前に、建物本体より少し新しそうな、四角い柱のようなものが立っていた。

入口とほとんど同じ幅で、建物と同じ高さがある。

「なんだろうね、あれ。ちょっと面白いかたち」

おばあちゃんと話しながら歩く。柱は何本かあって、それぞれが棟の入口の前に立っているようだった。

二棟目のお店にも、いくつかシャッターが下りていた。閉店した様子の、魚屋さんの看板がかかっている。その向こうに、これは中で営業しているのだろうか、宅配寿司の店舗と配達のバイクがある。

やがて入口にクマのぬいぐるみが座る雑貨屋さんの先に、たいやき、の赤い文字が見えた。

〈あんこたっぷり／たいやき／1コ150円〉

商品看板がお店の前、歩道の屋根の下に張り出している。

「おばあちゃん、あれ」

花は指さして、少し足を速めた。そこでたい焼きを売っているという情報を見て訪れたのだった。

けれど店の前へ行っても、残念ながら、今、ここで焼いているという様子はなかった。

代わりに、焼き場らしいスペースの前にある台には、昨日の品につき半額です、と書かれた札と、お団子のパックが二つ置かれている。

もう一つ、店内への通路をギリギリ空けた向こうにある台には、どかん、とボリューミーな、きな粉餅《もち》が五つほど入ったパックが積まれている。

店内には誰《だれ》もいないのだろうか……と覗《のぞ》き込んだ先、ほの白く光った商品ケースの陰に白髪のおじいさんがいて、急に身を起こしたので花はびっくりした。

「たい焼き……ありますか」

慌てて訊《き》くと、

「たい焼き?」

おじいさんはゆっくりとケースのこちら側へ出て来て、

「ない」

残念そうに首を横に振った。「たい焼きは、もうあんまり買いに来ないから」

わざわざ買いに来た客とわかったのだろう、にこやかに説明してくれた。気さくなおじいちゃんといった様子だった。

「たい焼き食べたいときは、前もって電話くれたら、焼いておくから」

「電話？」

花が訊くと、おじいちゃんは古めかしいレジのボタンを押し、

「これ」

レシートの店名、住所、電話番号の部分だけを、さっ、と切り取ってくれた。

たぶん九十歳くらいのおじいちゃんなのに、なんだかスマートなやり方。花はちょっと驚きながら、おじいちゃんにお礼を言って、店を離れた。

2

並びにもう一軒、お菓子屋さんがあった。

こちらは女性がひとりで店番をしている。頭に白い三角巾《さんかくきん》をかぶった、やさしそうなお

ばちゃんだった。

「こんにちは」

中に入ると、「いらっしゃいませ」と声が返ってきた。

広いお店のあちこちに棚や台、ショーケースがあり、スナック菓子や乾き物、それから生菓子やパンを並べている。

シベリアや酒まんじゅう、羊羹《ようかん》、さきいか。

サラダ油や酢、めんつゆなんかも置いてある。

ヤマザキ春のパンまつりと、地元のサッカーチーム、FC東京の試合日を知らせるポスターも貼《は》られている。アイスクリーム用の低い冷凍庫の横に、飲み物の入った背の高い冷蔵庫がある。

花がお菓子を物色しているあいだ、おばあちゃんが、お店の女性と楽しそうに話をしていた。話の様子からすると、だいたい同じ年頃のようだった。

「わたしもね、神代団地に住んでたの、四十五年くらい前。この団地も、古くからあったわよね」

「もう建って五十何年。お店もそのときから」

「あら、そうなの！」

「でも、この団地も、子供が少なくなっちゃってね。とにかく高齢化してて、住んでるのも老人ばっかりで。むかしは子供がたくさんいたのにね、裏の公園も子供たちでいっぱいで」

「そうね。うちの孫の小学校なんかも、一番子供が多かったころと比べると、半分くらいしかいないらしいわよ」

小学生の孫とは、花の従姉妹《いとこ》、根来星のことだろう。その話を聞きながら、花は駄菓子のコーナーで梅ジャムせんべいを見つけ、買うことにした。

飲み物の冷蔵庫に、空色をした瓶のラムネが見える。花がそれを買おうかどうか考えていると、

「あら、なつかしい」

同じものに目を留めたのだろう、おばあちゃんが、ちょこんと指さして言う。

「飲む？」

花が訊くと、

「うん」

と、おばあちゃんが答えた。

冷蔵庫を開け、瓶のラムネを花が二本取った。くるりと振り返り、お勘定場にもなっている商品ケースの上に置くと、

「俺にも、ラムネ！」

すぐうしろから声がした。

え、と声のほうを見ると、ニットキャップにマスクの、怪しい男が立っている。

店の外から近づいて来たらしい。

「！」

花は思い切り身を固くした。

おばあちゃんも身構え、かばうように花の前に右手をすっと出して、男に不審そうな目を向ける。

ふたりが一斉に引いたのがわかったのだろう、男のほうもひるんだ様子で、

「俺《おれ》だよ」

マスクを取った。

「天！」

花と同時に、おばあちゃんも言った。

おばあちゃんにとっては孫、花にとっては従兄弟《いとこ》の、根来天だった。

「おどかさないでよ、ショックで倒れたらどうするの」

おばあちゃんが天の肩を、ぽん、と軽くはたくと、

「そんなの、俺がかついで、病院に連れてってやるよ」

ごめん、とも謝らずに、天が平然と答えたので、花は呆《あき》れた。とりあえず冷蔵庫の扉を、すっ、と閉める。

顔立ちは整っているのに、言動が軽率、乱暴。ちょっと天然気味な十六歳だった。今だって、ひとつ間違えたら、おかしな騒ぎになっていたところだ。

「天、なにやってんの、ここで」

同じ年の生まれで、数ヶ月だけ年上の花が訊くと、

「花とばあちゃんこそ、なにやってんの」

天に聞き返された。

「お花見に来た」

花は正直に答えた。天の家は小田急線の梅《うめ》ヶ丘《おか》、学校は吉祥寺《きちじょうじ》なのに、狛江でなにをしているのだろう。

「天、今日、学校は?」

「学校?　まだ春休みだよ。来週の月曜日が始業式。花のところも、それくらいじゃないの?」

「わたし、高校やめたから」

花がきっぱり告げると、

「え?　まじ!」

天が驚いた顔をした。

「まじ」

花はうなずき、また冷蔵庫の扉を開けて、天のぶんのラムネ瓶を取った。

3

「きれいねえ」

「うん。きれいだねえ」

桜並木をおばあちゃんと見上げ、巨大なタコのすべり台がある児童公園に入った。すぐうしろを、ラムネと駄菓子の入った袋を提げた天がくっついてくる。

うすいピンクの花は、ソメイヨシノだろう。すべり台のタコも赤ではなく、きれいなサクラ色だった。

あちこちの遊具で、意外に大勢の子供たちが遊んでいる。園内の柵沿いに、自転車がたくさん置いてあるから、よそから来た子が多いのかもしれない。それとも、団地は敷地が広いから、中の子同士も自転車で行き来するのだろうか。

「ライダー、キーック！」と叫びながら、子供が花とおばあちゃんの間をすり抜けて行く。

「あら。今でも言うのね、ライダーキック。碧が好きでね、むかし。何回もショーを見に行ったわ、後楽園《こうらくえん》ゆうえんちまで。ふたり連れてね」

男女の双子を育て上げたおばあちゃんが、しみじみと懐かしそうに言う。そういう記憶は、するするとよみがえるものらしい。

仮面ライダーシリーズは、花の印象では、日曜日の朝に必ず放送していた。ここ何年かのことはよく知らないけれど、今もつづいているのだろう。

座る場所を探して、公園内を歩く。

ひとりでゆったりと、太極拳《たいきょくけん》をしている女の人がいる。

その女性の脇《わき》を通り、

「あっちにベンチがあるね」

だいぶ奥まったところを、おばあちゃんが指さした。公園の外にある白い給水塔の上に、きれいな青いタンクが掲げられているのが見える。ほとんどその手前、ツタはなにも絡まっていないけれど、つる棚のようになったところに、ベンチがふたつ並んでいた。

そこまで歩き、腰を下ろした。

手前のベンチに、花とおばあちゃん。

奥のベンチに天が座る。

天が袋からラムネ瓶を取り出して、口のフィルムを剝《は》がすと、ぽん、と音を立てて、思い切り蓋《ふた》を押した。

しゅわ〜っと勢いよく泡があふれ、まわりがびちょびちょになっている。

花とおばあちゃんは驚き、自分たちはそうならないよう、プラスチックの凸型の蓋で、栓のビー玉を、そーっと押し込んだ。

さわやかなラムネをちびっと飲む。

「うん、おいしい」

おばあちゃんも、ラムネを一口飲んで言った。

天が座ったベンチの向こうで、お姉ちゃんと弟らしい二人がサッカーをしていた。少し離れて、お母さんらしき人がそれを見ている。

十代前半くらいの二人は、意外に激しく、本格的にボールを蹴《け》りあっている。ぽーん、とボールが高く飛んで、ぴたっと相手の足もとで止まる。

次のキックも、ぽーん、ぴたっ。

ぽーん、ぴたっ。

「で、天はなんでここにいるの?」

さっきはぐらかされた質問を、花がもう一度した。

中身があふれ出て半分くらいに減ったラムネをぐびぐび飲んだ天は、

「尾行してた」

もはや観念したのか、あっさりと答えた。

「び、尾行?」

「あら、まあ」

花は、おばあちゃんと思わず顔を見合わせた。

「ふたりがなにしてるか、調べてこいって」

「誰が」と、花。

「誰に頼まれたかは、守秘義務があって、俺には言えないけどさ」

お調子者のスパイは、中途半端に口をつぐんだ。さっきのお店で天が追加で買ったお菓子「日本一ながーいチョコ」を開けて、バリバリバリバリと見事な一気食いをする。

「ねえ、天、おなかすいてるの？」

花はびっくりして訊いた。午後のおやつどきだったけれど、そんな可愛《かわい》い食べ方ではなかった。「お昼は？　食べてないの？」

「食べたよ」

「食べてもすくんだ」

「あたりめーだろ、食べ盛りだもん」

ラムネももうカラになったのか、瓶を逆さにして振っている。

「ほら、こっち飲んで」

おばあちゃんが自分の瓶を差し出し、天が受け取った。

それから、天は梅ジャムせんべいの袋をびりりとやぶった。

ふわふわの薄いせんべいに、梅ジャムを塗って、二枚重ねの梅ジャムせんべいを作っている。天は完成したせんべいを手に、残りの袋を花に寄越した。

「誰かは言えないけど、かなり本気だったよ、依頼人。今日だって、花がばあちゃんと出かけるらしいって、早めに連絡が入ってて、俺なんか、朝から叩《たた》き起こされて、ずっと待機してたんだから」

話しながら、天は梅ジャムせんべいを半分に折りたたんで、一口で食べた。「そんで何時間も待ってたら、ようやく、今、花が家を出た、ってうちにLINEが来てさ。俺が経堂駅に先回りして、ばあちゃんたち、電車を使わないかもしれないからって、一回マンションの前まで行って、ふたりが出て来るの待ってたんだから。すごくね？」

「もう、それ、完全にストーカーじゃん。天、きもい！」

花は大げさに身をふるわせた。隣のベンチに腰かけ、自分も梅ジャムせんべいを作っているから、呑気《のんき》なものだったが。

「しょうがないだろ、頼まれたんだから。同じ電車に乗って、同じバスにも乗って、同じバス停でおりて、いつ気づかれるかって、俺、ドッキドキ」

「天、だいぶお小遣いもらったでしょ」

うふふ、と笑って、おばあちゃんが言った。

「それはもらったよ、もらわなきゃ、こんなことしないね。俺は働き者なんだから」

天は悪びれずに言うと、胸を張り、おばあちゃんからもらったラムネの瓶に口をつけた。くぼみの位置にひっかけたビー玉が、ころん、と落ちて来そうなくらいまで瓶をかたむけて、ぐびび、ぐびっ、と飲む。そして、ぷはっ、と息を吐いた。「でも、これ以上は、やってらんない。やめた」

「早っ」

花は呆れて言った。梅ジャムせんべいを完成させて、おばあちゃんに食べるか訊くと、わたしはいいわ、と首をふったから、自分でぱふっと囓《かじ》った。

「俺、性格が素直だから、探偵とかスパイには向いてないの」

「自分で素直って」

ふわふわで、梅ジャムがほんのり酸っぱいせんべいが、喉《のど》にひっかかりそうになった。

もちろん素直な天が、早々に尾行をあきらめてくれてよかったのだけれども。「それで、誰に頼まれたの？　って、訊く必要もないか。うちのお母さんだよね」

こちらの尋問にも、

「ん？　それは……茜と碧」

天は簡単に口を割った。天は二回訊かれると、もう真実を話してしまうのかもしれない。だったらはじめから隠さなきゃいいのに。しかも自分の叔母と父の名を呼び捨てって。

「みんなで心配してるらしい。ばあちゃんと花、なにしてるんだろうって。なんか、すげー高いお寿司屋に行ったみたいだって……行った？」

「行ってないよ」

花は首を振った。先月、豊洲から帰ったあと、どんなお店に行ったのかとしつこく訊く母親に、すきやばし次郎、とだけ教えたのがいけなかったのだろう。

「なにを心配してるのよ、茜も碧も。バカバカしい」

おばあちゃんが呆れたふうに言う。「花とは、お散歩してるだけよ」

おばあちゃんが、にこやかに言った。「わたしたち、とっても気が合うの。ね、花」

うん、と花はうなずいた。


児童公園を出て、ラムネの瓶をお店に返しに行き、

「ごちそうさま」

花と天が、そのお店「かがや」のおばちゃんに声をかけた。

そこからぶらりと、団地の建物を見て歩く。赤い葉のカナメモチに囲まれた、裏庭みたいな一角に、芝がきれいに敷き詰められている。

その隣の棟には、さっき気になった、太い柱のようなものが入口の前に並んでいる。

「これ、エレベーターがついてる」

花は覗いて確かめ、おばあちゃんに報告した。

太い柱に見えたのはエレベーターで、そこから上のほうの階の踊り場へ、通路が渡されていた。

「ちょっとごめんなさいね」

おばあちゃんは誰にともなく断ると、わざわざエレベーターの前に回り込み、

「へえ、少し新しい感じじゃない。きっとあとからつけたのね。なるほどね、こういう方法もあるのね」

感心したように言った。「住んでる方、ずいぶんお年寄りが多くなったって、さっき言

ってたものね。二、三階はいいけど、四、五階はちょっとつらいからね」

天も覗き込んだ。

「あ、本当だ！　エレベーターだ。あっちも、その先にあるのもそう？　全部、エレベーター？」

「そう」

まだ推測だったけれど、きっとそうだろう。花はうなずいた。「建物の入口ごとに、エレベーターがついてるの。そうじゃないと、この棟は同じ階でも横につながってなくて、行き来ができないから」

「へえ、じゃあこれは、この入口の専用エレベーターか。なんかかっこいいな」

天も感心したように言ってから、ふっ、と笑った。「なにしてんの、これ」

「お散歩」

「お散歩」

花とおばあちゃんは同時に答えた。

「ねえ、あっちの公園も見たいわ」

団地をぬけた先に、緑の一帯がある。そこが前原公園《まえはらこうえん》だった。トンボやメダカを育てるための池があり、水草が茂っている。おばあちゃんが足もとを見ながら、

「あら、スギナ！　つくしはどこかしら」

と、ひとりごとのように言う。

「ばあちゃん、なんか歩くの速くなってんね」

いっしょに池の畔《ほとり》を歩く天に指摘されて、

「そう？　じゃあ最近、花とお出かけしてるおかげね。少しずつだけど、体力がついて健康になってる気がするわ」

おばあちゃんが嬉《うれ》しそうに言った。

「ばあちゃん、その草なに？」

「水草？　葦《あし》じゃない？　ガマ？　ううん、葦ね」

「葦って、人間は考える葦である、の葦？」

「それよ。パスカルの」

と、おばあちゃんがうなずいた。どうやら天は、ただのアホではないらしい、と花は目を見張った。

そういえば花が学校をやめたことも、「なんか、去年から休学してたんだって？」と追加で訊いた以外は、べつにもう触れようとしなかったから、意外と気づかいもできるのかもしれなかった。

チューリップや菜の花、矢車草、ムラサキハナナ……いたるところにいろんな花が咲き、アスレチック風の遊具もある広い公園を、三人でゆっくり、ぐるりと、十分以上かけて歩いた。

公園から見る団地も、やはり緑が似合っていて、花には素敵に思えた。天がいなければスケッチしたいくらいに。ずいぶんのどかで、おだやかな景色だった。

同じように団地のほうを見たおばあちゃんが、

「あそこのお菓子屋さん、おじいちゃんのほうなんて、きっと九十歳くらいでしょ？　もう一軒、かがやさんの女の人は、わたしのちょっと上かな？　やっぱりみんな、ちゃんと働いてて偉いわね」

しみじみと言った。

公園からすぐ近くのホームセンターまで歩き、店頭の園芸コーナーで、おばあちゃんが鉢植えを買いたいと言った。

ほしいのは、桜の苗木のようだった。

マンションに越してから庭がなくなって、ベランダで園芸をしていたのだけれど、去年の猛暑で桜が枯れてしまったらしい。

「わたしも体調崩して、あんまり水をあげられなかったしね。もうやめようかなって思ったんだけど、あんたたち見てたら、また育てたくなっちゃった」

二種類の苗を真剣に選びながら、おばあちゃんが言った。

サクランボを実らせるには、特別な品種以外、受粉のために二種類の苗が必要らしい。

「春に家で桜を観られるのがいいのよ〜。うまくいったら、サクランボも出来て、食べられるし」

うん、と花はうなずいた。

4

桜の二鉢は、手提げのレジ袋に入れてもらい、天が持った。

「あの～、俺、そろそろ本気で腹が減ってんだけど。なんか食べないの」

小さく抗議する天に、

「じゃあ、バス乗ろ」

と花が言った。

「どこ行くの？」

「ひみつ」

せっかくのびっくりバスツアー。先に教えたら楽しみ半減だろう。

さっきおりた「都営狛江団地」のバス停から、今度は「武蔵境駅南口《むさしさかいえきみなみぐち》」行きのバスに乗り、四個めのバス停「南国領《みなみこくりよう》」でおりると、そこにもまた団地がある。

都営調布《とえいちようふ》くすのきアパート、という名前で、スリムな高層団地だった。

案内図によれば、全部で九棟ある。

「また団地？」

と、不思議そうにする天を、

「いいからいいから」

と、商店の並ぶ棟まで連れて行く。途中、左手に幼稚園のあるあたりに桜の木があり、

「桜！」

と花は指さしたけれど、

「あら、きれい」

とおばあちゃんと見ただけで、足は止めずに行く。

「ここ、ケーキ屋さん！」

紹介したのは、「パティスリーモデスト」という洋菓子店だった。

やはり棟の一階部分に、日よけの屋根がかかり、商店が並んでいる。

洋菓子店のお隣は、店頭で焼き鳥を焼いているミートショップ。

反対のお隣は蕎麦《そば》店だったけれど、そちらは本日定休日だった。

「え、ケーキもいいけど……俺、そっちの焼き鳥がいいな」

香ばしいタレのにおいに呼ばれて、ひとり歩いて行こうとする天を、

「待て待て」

と、花は呼び止めた。腕を引っぱって、一歩引き戻す。

「見てよ、ケーキ屋さん」

しっくい壁に、両開きの木の扉。そこに嵌《は》まったドアガラスと、木枠に囲まれたフィックス窓からのぞく店内は、ほわっと明るい。

ガラスのショーケースには、ざっと見ただけでもショートケーキ、モンブラン、チョコレートムース、エクレア、プリン……何種類ものケーキ、洋菓子が並んでいる。

「いや、ケーキじゃなくて！　頼む、メシ！」

いよいよ我慢できないといったふうに、天が言った。「メシ！　メシ！　メシ！　メシ！」

後半の「メシ！」連呼は、ほとんど花の頭の上から聞こえる。

「頭にしゃべるな！」

背の高い従兄弟に、花は文句を言った。

「しょうがない、花、行こ」

おばあちゃんが、笑いながら言った。「天が腹ぺこだって。夕食にはちょっと早いけど、なんか食べようか」

おしゃれな洋菓子店を前に、「メシメシメシ」と連呼する天に負けて、花たちは先に食事をすることにした。

どっちにしろケーキは買って帰り、あとでおばあちゃんの家で食べるつもりだったけれども。

でも、なるべく種類があるうちに選んでおきたかったので、花は少しがっかりした。まだ小一時間くらいは、人気のケーキも売り切れずに残っていてくれるだろうか。

目指す食事処《しょくじどころ》は、同じ棟の反対側にあった。

中央が通路でつながり、H形になった棟の両側とも、一階が商店になっているのだった。

反対側も同じように、お店の前にはオレンジ色の屋根がかかっている。理容室や薬局のほか、べつのお肉屋さんと蕎麦店もある。

「すごい、なんかこのへん、食べるものが充実してる。っていうか、団地の中ってお店があるんだ」

天の素朴な感想にうなずき、花はそちら側の「大むら」という蕎麦店を勧めた。

そば、うどん、どんぶり物なんかの食品サンプルが、店頭のガラスケースに飾られている。

さらにそのケースの前には、おすすめの書かれた看板が出されていた。

かつ丼セット、生姜焼《しょうがやき》セット、天ぷらそば、天ざるそば……大きな写真も添えられ、おいしそうなメニューが並ぶ。

「わお！」と、天が吠《ほ》えた。

第５棟
狛江　都営狛江団地＋
国領　都営調布くすのきアパート

桜を楽しむ日（後編）

1

いかにもお蕎麦《そば》屋さんらしい、分厚い木のテーブルと、座面がかすり模様になった小ぶりな椅子が並んでいる。

左手の奥がお座敷になっているようだったけれど、花たちは手前のテーブル席についた。花とおばあちゃんが並び、向かいに従兄弟《いとこ》の天が座る。

すぐにお店のおばちゃんが、麦茶のグラスを三つ持って来てくれた。

「注文決まったら、およびくださいね〜」

春の風のように、軽やかにおばちゃんは戻って行く。

都営調布くすのきアパートの一階、そば処《どころ》「大むら」というお店だった。

まだ夕方の開店からほどないのに、店内には何組も先客がいて、お蕎麦や定食、セットを食べている。

とにかく、人気のお店らしい。

「俺《おれ》、かつ丼セット！」

外の「おすすめ看板」を見たときから、天の心は決まっていたのだろう。テーブルにぺたんと置いてあるメニューには目もくれずに、一番に宣言した。

花は、そのメニューに手を伸ばした。セットや定食ばかりがピックアップされた写真入りのメニューは、どれもおいしそうだ。裏面も見てから、はい、とおばあちゃんに渡そうとすると、

「花、決まったの？」

不思議そうに訊《き》く。

「まだ」

「じゃあ、ゆっくり選びなさい。わたしはあとでいいから」

いつもやさしいおばあちゃんが、麦茶を一口飲んで言った。

テーブルにはもう一枚、おつまみと飲み物のメニューがある。

その他のお蕎麦やどんぶりについては、壁に木札のお品書きが並んでいた。

さらにそれでは足りなかったのか、壁じゅうに、料理名を記した紙の札が貼《は》り出されている。

うーん、なにを食べよう。

じっくり考えている花に、ね、ね、ね、と天が訊く。

「セットって、なにがつくの？」

さすが、適当なやつ。自信満々で宣言したわりに、セットの内容までは確かめなかったらしい。

「えっとねえ、たぬきそばか、うどん。温かいのか、冷たいのか、どっちか選べるみたい。あと冷奴《ひややっこ》」

花がメニューを見ながら説明すると、

「腹いっぱいになるかな～」

天が心配そうに言った。

向こうのテーブル席にいる女の人が、くすっ、と笑う。天のアホっぽい声が聞こえたのだろう。

うるさい従兄弟のかわりに、花が小さく頭を下げると、

「ここはおいしいよ。アジフライでもなんでも」

おばあちゃんと同じくらいの年頃《としごろ》のお客さんがわざわざ教えてくれた。きっと常連さんなのだろう。本人が食べているのは、アジフライではなくて、豚肉の生姜焼《しょうがやき》のようだったけれども。

「じゃあ、わたし、アジフライ定食にする！」

アドバイスを聞いて、花はメニューを決めた。

「う～ん。わたしは、どうしようかなあ。なんか軽くおそばでも食べようかしら」

今度はおばあちゃんが、ひとり決めかねたように言った。花から手渡されたメニューをちらっと見てから、今頃になって、店内をきょろきょろと見回す。

「あるんでしょ、定食だけじゃなくて、そういう、おそばだけとか」

「あるよ、あっちに書いてある」

花が答え、長押《なげし》の上にある、壁の木札を読み上げた。

「たぬき、きつね、おかめ、玉子とじ、月見……」

「おかめ、いいわね」

おばあちゃんが、遅れてストップをかけるように言った。「わたし、おかめそばにしようかしら」

「いやいやいや、ばあちゃん。そういうんじゃなくて」

天が素早く口を挟んだ。ダメダメ、というふうに、自分の顔の前に人さし指を立てている。「ばあちゃんは、生姜焼のセットを頼んで」

「え、生姜焼のセット？」

孫から謎《なぞ》の指令を受けたおばあちゃんは、小さく首を振った。「ダメよ、そんなの。食べきれないわ。……花、セットって、なにがつくの？」

「たぬきそばか、うどん。冷奴。あと生姜焼にはライスもつくかな」

大むらのセットメニューがすっかり頭に入った花が、また答えた。

「大丈夫。ばあちゃんが食べきれなかったら、あとは全部、俺がもらうから」と、天。

「そりゃ食べきれないわよ、絶対。最初っから天が食べなさいって、わたしはセットのおそばだけもらうから」

おばあちゃんの提案に天はうなずき、ようやく三人の注文が決まった。

2

「うんま！　これ、うま！」

幸せそうにかつ丼をかきこみ、天が言った。

きれいに玉子とじされたかつに、ぱらりときざみ海苔《のり》が散らしてある。かつは衣がかりっとしていて香ばしく、肉がジューシー。いかにもそんな様子だった。玉子とじのしっとり感も、ちょうどよさそうだ。

「うんま、これ、うま！」

もう一度言うと、よほどおいしいのか、天は目を瞑《つぶ》って、至福の笑みを浮かべている。

そんな天を見ていると、花も急にお腹《なか》がすいてきた。

セットのたぬきそばには、なるととワカメ、インゲン、つゆにたっぷりつかった天かすがのっている。そばのどんぶりが思った以上に大きく、しっかり一人前あるようだった。

そのぶん、丸いお重に入った「かつ丼」は、小さめかもしれない。といっても、〇・八人前くらいの感じ。小皿に薬味、小さなやっこ、たくあんが三枚……。

ぐぐっ、と小さくお腹が鳴る。なんとか天には聞こえないようにと我慢をすると、ぐぐ～～っ、と今度はもっと大きな音で、長く鳴った。

「なに？　なに？　今の音」

天が目を開けて、花のことをじっと見た。お腹の音はしっかり天の耳に届いたらしい。

「しょうがないな、一口だけだぞ」

はーい、とかつ丼のかつを一切れ、箸《はし》でつまんで花のほうへ差し出す。

花は慌てて大きく首を横に振った。

「いいって。いいって。そういうんじゃないって」

「またまた〜、素直じゃないな〜!」

花の返事を聞いた天は、もうひと押ししたけれど、

「いい」

と首を振る花の様子を見て、あっさり箸を自分の口へ運んだ。

はじめから冗談だったのかもしれない。それとも本気の親切だったのか。

どちらにしろ、きっと花が食べようとしたら、はい、とそのまま食べさせてくれたのだろう。

天は昔からそんな性格だった。ふざけているけれど、意地悪はしない。

「お待たせしました〜」

すぐに花のアジフライ定食と、つづけておばあちゃんの生姜焼セットが届いた。

「いただきまーす」

さっそく箸を手に、花は言う。千切りキャベツの上に大きなアジフライが二つ。たっぷ

りのご飯と、お味噌汁《みそしる》、たくあん。定食の冷奴（納豆とどちらか選べたけれど、花は冷奴を選んだ）は、セットのものよりちょっと大きい。

アジフライにたっぷりとソースをかけ、お味噌汁、アジフライ、ご飯、の順に食べはじめる。

「花もずいぶん勢いよく食べるねえ、それくらい全部食べちゃうでしょ」

おばあちゃんが楽しそうに言った。

「まあね〜。おばあちゃんと出かけたときは、楽しくて、たくさん食べちゃうよ」

「わたしのおそばも食べる？」

たぬきそばのどんぶりを、おばあちゃんが手で示した。

花の定食には、おそばもうどんもつかなかったから、おつゆがどんな味かちょっと気になったけれど、いけない、いけない。

「だいじょうぶ、それはおばあちゃんが食べて。他《ほか》のおかず、ぜんぶ天にあげちゃうんでしょ」

「いいわよ、そんなこと。花、食べなさいよ」

熱心に勧められて、「じゃあ一口だけ」と味見をさせてもらった。

ちょっと甘めのつゆと、それのよく染みた天かすが、細いおそばに絡んでおいしい。しゃっきりしたワカメも一口もらい、「はい」とおばあちゃんにどんぶりを返す。

「もっと食べなさいよ」

「いい、いい。本当に」

天の希望で早い夕食になったけれど、もともとの狙《ねら》いは、建物の反対側にあるおしゃれなケーキ店「パティスリーモデスト」だった。

あんまり食べすぎて、今日はもうこれ以上、なにもお腹に入らない、なんてことになったらいけない。

ちゃんと、ケーキのぶんはお腹を空けておかないと！

3

ケーキ店のショーケースの前に立って、なにを買おうか決めるのは楽しい。花には至福の時だった。

「うーん、悩む～。あれも食べたいし、これも～」

「きれいなケーキだこと」

「どうしよう、どれにしよう」

「食べたいもの、全部買いなさいよ」

おばあちゃんと天の希望も聞きながら、ケーキをつぎつぎ注文する。

「ショートケーキ……モンブラン……サントノーレサクラ（季節限定　カシス、フランボワーズ、イチゴと桜のクリームを使用）……ピエロ（ピスタチオとバニラ、グリオットチェリーをあわせたケーキ）……ショコラムー（食感の違う二種類のムースをあわせたチョコレートケーキ）……。多いかな？」

少し心配になって訊くと、おばあちゃんと天が、同時に首を横に振った。

「俺、何個でも食べられるよ」と、天。

「どうせふたりとも、二つずつ食べるんでしょ」と、おばあちゃん。

持ち歩き時間三十分で保冷剤を入れてもらい、素敵なお店「パティスリーモデスト」を出ると、日はずいぶん暮れていた。

隣のミートショップの店先で、食欲をそそる香りを振りまいていた焼き鳥も、もう販売終了らしい。グリル台の火が落とされている。

十何階建ての、スタイリッシュな団地をあらためて見ながら歩く。

お店が入ったH形の五号棟の先には、木に囲まれた広場があり、その先に郵便局や集会室、児童館の入った四号棟がある。集会室では週三日、そろばん教室も開催されているらしい。さっき桜のそばで見た幼稚園に加え、敷地内には、保育園もふたつあるようだった。

「子育てがしやすそうね〜、公園も多いし」

おばあちゃんが言う。

バスで狛江の駅を目指し、そこから小田急線に乗り、経堂のおばあちゃんのマンションへ向かう。

出発したときには、おばあちゃんとふたりだったのに、帰りは従兄弟の天が、白いレジ袋に入った桜の苗木を二本、ひょいと提げて歩いているのが、花にはちょっと不思議だった。

でも、嫌な気はしない。

「はい、ありがとう。天、そこに置いて」

玄関で言うおばあちゃんに、

「いいよ、ばあちゃん、ベランダまで運ぶよ」

案外、親切な天が答えた。

「いいの、いいの。まずはそこに置いといて。今日はもう植え替えしないから」

「あ、そうなんだ」

「それより、早く手を洗って、ケーキ食べましょうよ」

おばあちゃんの提案に、花は喜んだ。さっきからずっとケーキを食べたくて、うずうずしていたのだ。

まずケーキの箱をキッチンに置きに行き、それから洗面所に戻って、手洗いとうがいをする。

「なんか、すごく馴《な》れてね？」

廊下ですれ違うときに、天が笑いながら言った。

「ここに？」

「そ、自分ちみたい」

「だって、ここ、わたしの隠れ家だから」

「秘密基地か！」

天が顔を輝かせた。ちょっとニュアンスが違うけれど、まあどっちでもいい。

キッチンに戻ると、おばあちゃんがお茶の支度をしていた。

「紅茶でいいわよね」

「うん」

花は三人分のお皿とフォークを揃《そろ》えて、

「俺も、なんか手伝う？」

ちょうどキッチンを覗《のぞ》いた天に手渡した。

それからケーキの箱を開ける。

うっとり。

なんて、きれいな色！

白いものが一つ。

ピンクが一つ。

焦げ茶色と、モカ茶色が一つずつ。

もう一つは、ピスタチオの緑色だった。

一つ一つが金色のプラスチックトレイにのせられていたから、全部を大きなお皿に移す。

「本日のケーキです」

優雅に見せに行く気分で、ケーキをのせたお皿を、ダイニングのテーブルまで運ぶ。

さっきは、メシメシメシ、と頭上で騒いだくせに、じつは甘い物もイケる天が、

「うっまそ〜」

とケーキに吸い寄せられてくる。

白い一つは、イチゴののった「ショートケーキ」で、ピンクの一つは、パイ生地の上にプチシューがのり、そこに桜色のクリームが絞られた「サントノーレサクラ」。こちらには、てっぺんにフランボワーズの赤い実が飾られている。

黒に近い焦げ茶色は、飾りに豆粒大のチョコ二つと花びらのようなアーモンドスライス、蝶《ちょう》に見立てた金箔《きんぱく》をあしらったチョコレートケーキ「ショコラムー」。うねうねと絞られたモカ茶色のクリームに、雪ん子の藁帽子《わらぼうし》のような、焼きメレンゲの白い板をまとっているのが「モンブラン」。

もう一つは、ピスタチオの緑色に、どこかオットセイみたいな、雲形のバニラクリームがのった「ピエロ」だった。

花は自分の食べる二つを心の中で決めながら、お皿をダイニングテーブルに置いてキッチンへ戻り、今度は紅茶のお盆を運んだ。

「じゃあ、いただきましょ」

おばあちゃんの到着を待って、三人で紅茶をいただき、ケーキを食べた。

じゃんけんで順番を決めたけれど、一巡目は、それぞれに食べたいとお店で言ったケーキを選ぶ。花はパイ生地にもクリームがしっかりはさまっている「サントノーレサクラ」！

おばあちゃんは、ちょこんとイチゴがのった、可愛《かわい》らしい「ショートケーキ」。

天は二種類のムースが使われているという、丸いチョコレートケーキ「ショコラムー」だった。

残りはふたつ。

「はやっ！　天、もう一個食べたの！」

花はびっくりして言った。プチシューを一つ突き刺し、イチゴと桜のやさしいクリームといっしょに味わっている間に、天のチョコレートケーキはもうなくなっていた。

「ちょっとは、味わいなよ」

「うんまい！」

「二個目はまだだから！　早い順に食べるわけじゃないよ」

「わかってるって」

笑った天が、せっかくのいい香りの紅茶を、ずずっと飲む。食べるケーキがなくなったので、また、ずずずっと紅茶。

「ショートケーキ、一口食べてみる？」

おばあちゃんが言い、

「うん」

天と花が、同時に答えた。タイミングは一緒、声の大きさは天のほうが倍くらいだったかもしれない。

でも小さかった花の声を聞き逃さずに、どうぞ、と天がジェスチャーつきで譲ってくれたから、

「そう？」

花はちょっと感激しながら、先に一口もらう。ショートケーキのクリームも、さっぱりとさわやかな味がする。それからおばあちゃんに目配せして、天のほうにケーキのお皿を

渡すと、その瞬間を待っていたのだろう、天が端から二センチほど、ごそっとフォークで切り取って食べた。

「天！　全然一口じゃない！」

花はいたずらな犬でも躾《しつ》けるような気分で叱《しか》ってから、

「おばあちゃん、わたしのシューも食べていいよ」

小さなショートケーキを半分近く取られた可哀想《かわいそう》なおばあちゃんに、自分のケーキにのったプチシューを勧めた。

「あら、ありがとう」

おばあちゃんが嬉《うれ》しそうに言い、ピンク色のチョコのかかったプチシューを一つ、ぱくりと一口で食べて、

「このクリームもおいしいわねえ、やさしい味」

と言った。


それから二個目のケーキを、花と天がじゃんけんで取り合っていると、

「若いっていいわね、元気で。楽しそう」

おばあちゃんがしみじみと言った。

あいこが三回つづいたので、

「うぉ〜〜〜！　タイム」

興奮した天が、じゃんけんを一旦《いったん》止める。

「ばあちゃんも元気じゃん、今日、すげえ歩いてたから、俺、びっくりしたよ」

天が言った。そういえばこの従兄弟は、親世代の依頼を受けて、ふたりを尾行して来たスパイだったと花は思い出した。

「ばあちゃん、花とふたりで、いっぱい散歩してた、って俺、家に帰ったら報告しておくよ」

「そう？　ありがとう、って、べつにその通りなんだけどね」

おばあちゃんは楽しそうに言った。再開したじゃんけんで花が勝ち、食べてみたかった「モンブラン」を選ぶ。フランス産の栗を使っていると書いてあったし、無造作に割られたような、焼きメレンゲの白い板に挟まれた姿が珍しかった。

天は最初からピスタチオの緑が鮮やかな「ピエロ」を食べたかったようで、「まじで？

じゃあ、じゃんけんしなくてよかったじゃん」と言った。

「でも本当に、年取ると、いろいろ出来ないことが増えるのよ」

なんの勢いも落ちないまま二個目のケーキを食べる孫たちを見ながら、おばあちゃんが
また、しみじみと言った。「針の糸通しも見えないし、ひとりだとビンの蓋《ふた》どころか、最
近じゃ一回開けたペットボトルの蓋も開けられないんだから。ずっと蓋開けが必要なのよ。

朝起きると、すぐによろけるしね」

「へえ、そんなもん？」

ばくり、とピスタチオのケーキを食べた天が訊く。

「そんなもんよ」

弱みを知らせているのに、なんだか得意げに言うと、

「そうだ、ちょうどいいから、あとで天にひとつやってもらおうかしら」

おばあちゃんは、いいことを思いついたというふうに付け足した。

「いいよ」

なに、とも訊かずに簡単に答える天は、きっといいやつだろう。

「日本間の天袋に、大きなお皿があるのよ。なんか引越しのときに、おじいちゃんが奥の方に仕舞っちゃって、その上にも、いろいろのせちゃって、わたしじゃ、踏み台使っても取れやしない」

「は〜い、簡単で〜す」

と天は応じた。

4

ケーキを食べ終えてから、天といっしょに、おばあちゃんからの頼まれ事をした。

踏み台にのった天が、天袋を開けて、中の物を取り出し、それを下から手をのばした花が受け取る。

いとこ同士、こんなふうにいっしょになにか作業をした覚えはなかったけれど、なんとなく楽しい。天から受け取った荷物を、花が畳に置いて、また受け取って置いて、というのを何度かくり返すと、ようやく大皿の箱にたどり着いたようだ。

「あ、皿って書いてある。ばあちゃん、これ？」

天が高いところから平べったい、真四角な箱を見せると、

「それ」

と、おばあちゃんが言った。花が中継して、おばあちゃんにその大箱を手渡し、今度は下に置いた物を、逆に天に渡して仕舞ってもらう。

天袋の戸をしめて、天が踏み台から、すたっ、と降りた。

「ありがとうね、天、花。これ、これ」

おばあちゃんが言った。

さっそく箱の蓋を外すと、プチプチの緩衝材にくるまれたお皿を、丁寧に開いて見せて

くれる。直径三十五センチほどの、二色づかいのお皿だった。ふちが高くなっていて、その半分くらいが土色で、あとは白い。

「萩焼《はぎやき》よ。これね、おじいちゃんと旅行したときに、一目ぼれしちゃって」

よほど思い出があるのか、おばあちゃんは明らかに目を細めて見ている。「それから碧と茜のお祝いのときには、いつもこのお皿でちらし寿司を作ってたのよ。七五三も、お誕生日も、入学式も、卒業式も。お祝いは全部これ。でも、あの子たちが出て行ったら、もう使うことがなくなっちゃってね。すっかり仕舞い込んでたんだけど……でも、花たちがまた来てくれるなら、久しぶりに作ろうかしら、ちらし寿司」

「わたし、たち？」と、花。

「だってほら、天はまた、すぐに苗の植え替えに来てくれるんでしょ、桜の苗の」

悪戯《いたずら》っぽいおばあちゃんの決めつけに、

「お、俺？」

と、おどけたように天は自分の顔を指さしてから、

「いいよ、明日《あした》でも明後日《あさって》でも。今週まだ春休みだから」

と余裕の笑みで答えた。

となれば、高校をやめて所属先のない花が、スケジュールで文句を言う理由もない。

翌日、午前中におばあちゃんの家で待ち合わせて、苗の植え替えを手伝った。

天が小学生の妹、星を連れてきたので、三人の孫がみんな、おばあちゃんの家に揃ったことになる。

もちろん、おばあちゃんは上機嫌だった。

「ちらし寿司と、タケノコの煮物はもうできてるから、あとで鶏《とり》の唐揚げでも作りましょうかね。あれ、ひとり何個くらい食べるのかしら、鶏の唐揚げって」

「十……」

大袈裟《おおげさ》ではなく、普通にそれくらい食べそうな天をさえぎって、

「ちらし寿司があるから、ひとり二個くらいでいいんじゃないかな」

と花が答えた。

おでこの広い、可愛らしい星が、

「わたしも二個」

とVサインを出す。

「わかったわ。じゃあ、植え替えしちゃおっか」

と、おばあちゃんが楽しそうに号令をかけた。

植え替え用の重い土なんかは、まだおじいちゃんが元気だったときに買ったものがベランダにあるらしい。玄関に置いてあった苗の袋を、天がベランダに運ぶ。

去年、枯らしてしまったという桜の鉢に、こぼれ種で芽を出した秋海棠《しゅうかいどう》が育っていた。それをおばあちゃんが小さな鉢に移して、残った土を篩《ふるい》にかけて根っこを取り除く。

「やっぱり、この桜はもうダメね」

簡単にポキッと折れた、枯れた桜を申し訳なさそうに白いポリ袋に入れると、いよいよ新しい桜の植え替えに入った。

「天、お願い」

手伝ってもらうのが、きっと楽しいのだろう。おばあちゃんが手取り足取りといったふうに、指示をしながら、6～7号の鉢に赤玉6、腐葉土3、砂1の割合で新しく土を作って、買って来た桜の苗を植える。

一つめの鉢を、おばあちゃんが中心になって植えると、

「わかった？　やり方」

おばあちゃんが、天と花に訊いた。

「わかった！」

「……うん、わかった」

自信満々なのが天、不安そうなのが花だったけれど、たぶんきちんとやり方を覚えているのは花のほうだろう。

「じゃあ、できるわね」

二つめの鉢は、ふたりに任されるようだった。

「わたしは？」

なにか手伝いたい様子の星には、より分けた秋海棠の残りを示して、

「じゃあ星は、この秋海棠を、さっきのみたいに、こっちの小さな鉢に植えて。土は篩にかけたのでいいから。お水あげて、きれいな鉢にしてあげてね」

と言った。

「これを、ここに入れて、この土？」と、星がやり方の確認をする。アホなお兄ちゃんよりは、ずっとしっかりしている。

「そう！」

と、おばあちゃんが頼もしそうにうなずいた。

植木鉢やプランターが並んだおばあちゃんの家のベランダには、今ちょうど薄いピンクのマーガレットが咲き、イチゴもたくさん花をつけている。

他にも都忘れが花芽をつけ、キキョウの新芽がすくすくと育っていた。新緑に生き生きとしたベランダにいて、おばあちゃんは嬉しそうだった。

「じゃあ、任せるわね。わたし、唐揚げ作ってくるから」

おばあちゃんがいそいそと部屋に上がり、ベランダには三人が残された。

「……なにするんだっけ、最初」

やっぱり適当だった天が言い、

「嘘《うそ》ぉ。じゃあ、天はまた土をすくう係ね。わたしが指示するから。赤玉6、腐葉土3、砂1」

花がきちんとやり方を覚えていたので、おばあちゃんに教わった方法で、二つめの鉢にも土を作り、しっかり桜の植え替えをした。

星も手順を確認した通り、篩にかけた土を使って、秋海棠の小さな鉢をいくつも作っている。

「できた！」

「できたね！」

たっぷり水をやり終えると、花と星は拍手をした。

天は、大して働かなかったはずなのに、

「やっべ、喉《のど》かわいた」

手の甲で、額の汗をぬぐっている。

「手、洗いなよ。ちゃんと」

目ざとい花に指摘されると、

「うぇ～い」

と、その手を花になすりつけるふりをして、「バカ、最低」と叱られながら、天は笑った。

植え替えと手洗いを済ませ、ダイニングに行くと、

「喉かわいたでしょ、これ、飲みなさい」

おばあちゃんが、大きなグラスを三つ、トレイにのせて運んできた。「特製のフルーツアイスティーよ」

「あ、これ。リスカフェのだ！」

花は言った。

「そう、さっそく真似《まね》してみたの」

おばあちゃんが悪戯っぽく笑った。ぶどう、りんご、イチゴ、キウイ……小さくカットして凍らせたフルーツが、アイスティーに浮かんでいる。

「リスカフェってなに？」

星に訊かれて、花が説明した。ケーキがおいしくて、わんこが可愛い、高田馬場にある

団地のカフェだった。

ここ、とスマホの写真を見せる。

「え〜。いいな〜、星も行ってみたい！　花ちゃんだけ、ずるい！　星も犬にさわりたい〜！」

妹が無茶を言っている横で、天は早くもごくごくとアイスティーを飲んで、ぷはっ、うんまい、と息をはいた。

でも、一応話は聞いていたようだ。

「ほんとにいろいろ行ってんだな、ばあちゃんと」

花に言う。

「だって、毎月デートしてるから。ね！」

花が同意を求めると、おばあちゃんは嬉しそうにうなずいた。

天はまた、ぐびぐびとアイスティーを飲み、うんまい、と言った。それからマドラースプーンで、凍ったフルーツをガリガリと剝がして食べる。

「ばあちゃん、これ、うまいよ」

「ありがとう、お店の真似だけどね」

「お店か……あ！　ばあちゃん、お店やったらいいんじゃね？　前に、働きたいって言ってたじゃん。だったら、自分でお店はじめたらどう？　カフェかなんか。あ、名前も考えた！　ばあちゃんカフェ。すげー、俺、天才」

ひとりで興奮する天に、おばあちゃんが笑った。

「そんな簡単に言うことじゃないわよ、お店、大変なんだから」

ばあちゃんカフェという、ひどいネーミングに反論はないようだ。「それに天、あなた、この前は、わたしに再婚を勧めたじゃない」

「べつに再婚して、店やったっていいじゃん。え、ばあちゃん……誰《だれ》か相手いるの？」

「いないわよ」

おばあちゃんがきっぱり答えて、ふっ、と笑った。


それからすぐお昼ご飯になった。

おばあちゃんの作っておいてくれたちらし寿司を見て、

「わー、きれい」

花と星は、声を上げた。

萩焼の大きなお皿に盛られたお寿司には、ニンジン、シイタケ、かんぴょう、インゲンといった具が混ぜ込まれ、さらに錦糸玉子と、その上に、塩漬けの、きれいな桜の花びらが散らされている。

「来年は、今植え替えた桜が、咲くかしらね。それを見ながら、またお寿司食べたいわね」

タケノコの土佐煮、豆腐と三つ葉のお吸い物、山盛りの唐揚げ、そしてきれいなお寿司を前におばあちゃんが言い、

「おばあちゃん、気が早すぎるよ~。今日、まだお寿司食べてないのに~」

まだ一日がとても長いのだろう、一番年の若い、星が笑った。

第６棟
千歳船橋　希望ヶ丘団地

みんなでタイ料理を食べに行く日

1

おばあちゃんとの次のお出かけには、従姉妹《いとこ》の小学生、星も行きたいと言った。

「花ちゃんとお兄ちゃんだけ、ずるい。星も行く！」

兄の天も一緒に、団地で買ったラムネを飲んで、タコの公園でお花見をして、それからお蕎麦《そば》屋さんに寄り、ケーキも買って帰ったと知ったら、なおさら行きたくなったらしい。

「星、違うぞ。兄ちゃんのは、秘密の任務だったんだから。ばあちゃんと花が、こそこそどこかに行って、おかしなことしてないか、高いお寿司屋に入ってムダ遣いなんかしてないか、碧と茜に、しっかり見てくるように頼まれたんだぞ」

相変わらず自分の父親と叔母を呼び捨てにして、天が言う。

「でも、お兄ちゃんもいっしょにお散歩して、おいしいもの食べて来たんでしょ！　ずるい！　星も行く！」

「はいはい、星も行くのね」

おばあちゃんがニコニコと話を引き受けた。

「じゃあ、今度は、小学校がお休みの日ね。土曜日か、日曜日かしら。だったら天もいらっしゃいよ」

「俺《おれ》も？」

「だって天がいると、食べものがたくさん頼めて楽しいじゃない、ね、花。いいでしょ」

おばあちゃんに訊《き》かれ、花はうなずいた。

べつに断る理由もない。

ただ、ほんのちょっとだけ、おばあちゃんとふたりの秘密のデートを、天と星に邪魔されるような、寂しい気もした。

そうやって決めた五月のお出かけが、おばあちゃんの鼻風邪で中止になり、

「じゃあ、来月にしましょ」

と、六月に延期になった。

かわりにその日、花はこっそり経堂まで、おばあちゃんのお見舞いに行った。

「来なくていいのに！　うつったらどうするのよ」

玄関で慌ててマスクをしたおばあちゃんは言ったけれど、

「大丈夫、わたし、ほとんど風邪引かないから。イチゴ買って来た」

花が包みを見せると、

「あら、うれしい」

おばあちゃんは、目を細めた。

「ちょうどイチゴが食べたかったの」

「本当？　他《ほか》にもなにかいるなら、経堂コルティで買ってくるよ」

「ううん、イチゴをいただくわ……あ、ついでに、あとでベランダの水やりも頼んじゃっ

ていい？」

おばあちゃんの声に花はうなずき、部屋に上がった。さっそくイチゴを洗って、ザルに空ける。

「今、食べる？」

ソファに腰かけたおばあちゃんに訊くと、うん、とうなずきながら、マスクの中で、もごもごと言う。

食べる、という意思は伝わったけれど、
念のため聞き返すと、おばあちゃんはマスクを下げて、

「なに？」

「そうね、何個かつまもうかな」

と答えた。

「了解」

花はガラスの器に、イチゴを五つほど盛った。

おばあちゃんによくいれてもらうカフェインレスのはちみつ紅茶をいれ、追加で、はち

みつをスプーン一杯たらす。

「は～い、おばあちゃん、これで元気になってね」

イチゴとはちみつ紅茶を、テーブルに運んだ。

「お母さんが仕事で忙しかった頃《ころ》、わたしが風邪引くと、おばあちゃん、うちに来てくれたよね」

花が昔話をすると、

「そうね、行ったわね、果物いっぱい持って」

と、おばあちゃんも懐かしそうに言った。「新百合ヶ丘からも、何回も行ったわよ。今みたいに近くなんかないのに、茜も急に、今日これから来られる？ なんて言うし、花は風邪引いてるのに、わたしが寝かせようとすると、おばあちゃん、帰らないで、っておかしな警戒して、なかなかわたしの手を離してくれないし……って、やっぱり花、あなた、風邪引くんじゃない」

「あのときはね。今は、全然引かない」

花はあっさりと言った。

「ふうん、そう？」

「そう」

風邪を引かないのは、毎日、学校に行かなくなったからかもしれない。

おばあちゃんがゆっくりと紅茶を飲み、ヘタを取ってイチゴを食べるのを、花はスケッチブックを開いて、さらさらと絵に描きながら見ていた。

本当にこのままでいいのだろうか。

これから先なにをしよう。

ふとそんなことを考えてしまう今の自分には、おばあちゃんがなにかをするスピードが心地よいのかもしれない。

「おいしい、イチゴ」

おばあちゃんは、ごくり、とのどを鳴らしながら言う。

2

花とおばあちゃんのお出かけは、ゆったりと広い場所を散歩して、近くのお店に立ち寄り、軽食や喫茶を楽しみ、とにかく健康的に過ごしているらしい。

噂《うわさ》の高級寿司店も、一・五人前で一八〇〇円のサービスランチがあると知って、わざわざ豊洲まで足を運んで味わって来たというのが正確な話。

スパイとして雇った天の、そんな「報告」を聞いたのだろう。花の母親、茜の疑いはひとまず晴れたようだった。

今日もおばあちゃんと出かけると言うと、

「あら、そう？　お天気はよさそうね。でも、気温上がりそうだから、ちゃんと水分は取りなさいよ。おばあちゃんにばっかり、いろいろ払わせないでね。あんまり贅沢《ぜいたく》しちゃダメよ」

と言いながら、お小遣いをくれた。

これまで一体どんな悪い想像をしていたのかは知らないけれども。

「ねえ、どこに行って、何食べたかくらい、帰ってから教えてよ」

玄関まで見送ってくれた母親が、ちょっと甘えたふうに言う。

「……うん」

と答えて、花は家を出た。

もちろん母親は母親なりに、今の花の生活をとても心配しているのだとはわかったけれど、ここはもう少し自由に、放《ほう》っておいてほしい。

十七歳の花に、両親を思いやる余裕はまだほとんどなかった。

今までずっと頼って生きてきたのだ。

両親はどちらも、強い大人だと思っていた。

いつも通りの道を、自転車を漕いでおばあちゃんの家まで行き、天と星と花、三人がメンバーの、急ごしらえの「いとこＬＩＮＥ」で到着を伝えた。

「ほ〜い。こっちも駅に着くよ」

「星も着くよ」

天と星から、つづけてメッセージが届いた。

今日の目的地へは、経堂駅からバスで行ける。

同じ世田谷区内だった。

「おばあちゃん、天と星、もう着くって」

「はい、行きましょ！」

もう体調はバッチリ、気合いを入れたおばあちゃんと一緒にバス停へ向かうと、背の高い天が、ちびっこ小学生の星を連れて、ちょうど駅から出てくるところだった。

「おばあちゃん〜、花ちゃん〜」

子供らしく手を振る星に、花もおばあちゃんも、明るく手を振り返した。

天だけは表情も変えずに、なんだかすかした顔をして歩いて来る。バス停の前まで来てようやく、花とおばあちゃんに気づいたように、

「おっす」

と手を上げた。

「なによ、今ごろ」

おばあちゃんが呆《あき》れたように言いながら、天の腕をバシッと叩《たた》いたのが花にはおかしかった。

これはこれでありかも。

おばあちゃんとふたりだけとも違う、なんだか不思議な楽しさがあった。

「花ちゃん、それ、なみすけ？」

始発のバスに先頭で乗り込むと、PASMOのケースにつけたチャームをめざとく見つけ、星が言った。

なみすけは花の住んでいる杉並区のキャラクターで、円錐《えんすい》形の黄緑の体に、可愛《かわい》らしい顔、シンプルな手足、樹木にも見える緑色の背びれがついている。公式のアナウンスによれば、恐竜みたいな妖精、ということだった。

「これは女の子のナミー。なみすけの妹」

四人で奥のほうの席に着いてから、もう一度、小学生の従姉妹にチャームをよく見せた。ナミーは体が黄色で、おでこにピンクの花をつけている。背びれはオレンジだった。

「そっか、ファミリーがいるのか」

「うん、おじさんとかもいるよ」

花は答えた。なみすけの人気が出て、仲間が増えたはずだった。区役所内にショップがあって、グッズを買うことが出来る。


駅前のロータリーを出発し、右手の「ユリの木通り」を走りかけたバスは、すぐに左へ大きく曲がった。

曲がり角、銀行の前にある標識が、ちょうどバスの窓の高さに見える。

「ユリの木通り～」

星が標識を指差して、ゆりおばあちゃんに言う。

「あっちね」

おばあちゃんは、少し顔を右に向けて言った。「あっちをまっすぐ行くと、世田谷線の山下《やました》駅のほうまで、きれいな遊歩道になってるのよ」

「え！」

天が急に言った。「ばあちゃんの名前だ、ゆり」

一拍遅れた天の「気づき」に、花はくすっと笑った。

キザなおじいちゃんのことだから、新百合ヶ丘からここへ越すときに、ユリの木通りがあることは、きっと大きな決め手のひとつになったのだろう。

さっき花が自転車で通って来た道を、バスはしばらく逆に戻る。

希望《きぼう》ヶ丘《おか》団地のバス停までは、経堂駅から十分くらいだった。

右手に大きなスーパーと真新しいマンション。左手に区民集会所。両脇《りょうわき》にイチョウの並ぶ道を進み、やがてバス停に止まった。

いろんなミニ情報を早口で付け足してくれる車内アナウンスによれば、内科クリニックと歯科医院もこのバス停で降りればいいらしい。

日は、真上から射《さ》していた。

でも、それを遮るように、あちらこちらに緑がある。

降りたバス停の反対側は、「小田急バス折返場」と書かれた、ロータリーつきの広いバス停で、その向こうに背の高い木々と、その木々とほとんど同じくらいの高さで、十階建てくらいの、団地の棟が見える。

花たちの降りたバス停の目の前には、小さな棟が二つあった。

バス停のすぐそこに、ミントグリーンに塗られたドアが一つ見える。

きれいに整えられた植え込みを曲がり、小さな棟の間を進んだ。

棟の一つは、管理事務所。

もう一つがバスの中で案内のあった、内科クリニックと歯科医院の入った棟だった。

団地のクリニックなのだろう。二階建ての、一階部分が診療所になっている。いかにも昭和の団地といった風情の、クリーム色の壁にかかったガラス看板に、診療科目と医師名が記されている。

内科、とくっきり刻まれた文字の下に、よく見ると、一列消されたような跡がある。

同じところを見ていた天が、

「産婦人科だって」

と言った。たしかに、そんな文字のあとがうっすらと見える。「横に、お医者さんの名前も書いてあんね」

「本当だ」

内科の医師と同じ苗字の、産婦人科医がここにいて、以前は診察をしていたようだった。

「そうねえ、産婦人科の先生って、今どんどん減ってるんでしょ。子供が少ないからね」

おばあちゃんも興味津々、楽しそうに話に参加した。

三人がいきなり、足を止めてあれこれ話しているところを、星が、えっ、と少し不思議そうに見ている。

それに気づいたのか、おばあちゃんが星を手招きして、

「ここね、前は産婦人科のお医者さんもあったんだって。だから、ここのクリニックで生まれて、ここの団地で育った人もいたのよ、きっと」

と説明した。

へえ、と星はうなずいている。

でも、表情からすると、あまりピンと来ていないみたいだった。一体、何の時間がはじまっているのか、と不思議に思っている様子。

それより、早くおいしいものを食べに行きたいのかもしれない。

「おばあちゃん、若い頃に団地に住んでたから、なんだか懐かしいの。おじいちゃんも若くて、碧も茜も生まれたばっかりでね。その頃に戻りたいのかな」

「へえ」と星。

「長い！　ばあちゃん、そっからやり直すの、長いって」

お調子者の天が軽く、話に割り込んだ。「四十年とか五十年とかだよ〜。大変じゃね？」

「う〜ん、長いけど、過ぎたらあっという間よ」

その感覚はわからずに、孫三人は首をかしげた。

小さな二棟のあいだを抜けた先は、団地の棟と棟に挟まれた広い空間だった。

風が、気持ちよく吹き抜けて行く。

「わ〜、ここは公園みたいね！」

おばあちゃんが声を弾ませた。

けやきの木陰になり、風通しのよいその場所は、実際、公園のように整備されているのだろう。

レンガタイルの敷かれた広い遊歩道の脇に植え込みや花壇があり、ベンチがあり、子供がまたがれるような小さな遊具や、神殿の柱のようなオブジェ、大きな金魚の泳ぐ池がある。

「これ、金魚？　鯉《こい》？　金魚だ。デカい！」

壁から二ヵ所、水が噴き出している半円形の池を覗《のぞ》くと、今度は星も興奮していた。

植栽もよく管理されていて、なかなか街では見かけない公衆電話のボックスも、よく磨かれ輝いている。

銀色の棒の上に丸い文字盤のささった、いかにも公園用といった時計もあった。

ちょうど散歩気分で、ふらりふらり広い遊歩道の両脇を眺めながら、向こうの棟へつくまで一分半から二分くらい。そちらの一階部分は、半分がピロティのように柱だけで、そこを通り抜けられるようになっていた。

建物部分には、集会所があるようだ。

その一階部分を抜けて、ようやくお目当ての場所にたどり着く。

そこが団地の商店街「サンヒルズ希望ヶ丘」だった。

名前の通り、日当たりのいいスペースの両側に、ゆったりと商業施設が並んでいる。

3

「ここ、タイ料理屋さん」

花が、いとこ会のＬＩＮＥで相談して決めたお店をおばあちゃんに紹介した。

通りから見やすいよう、看板に貼《は》ってある大きなポスターには、「ＢＡＮＧＫＯＫ　ＫＩＴＣＨＥＮ　ＤＥＬＩ」という店名らしい文字と、「タイ人の作る　本場のタイ料理」の赤い文字。その下に、おいしそうな料理の写真が、十五点ほど並んでいる。

同じポスターには、青い文字で、「お子様食べられるメニューもあります」「からくないだよ！」とも書いてあったから、花は読んでニコッとした。

だったら星がいても安心だろう。

もっとも、花が提案した「サンヒルズ」の飲食店のラインナップから、タイ料理、絶対にタイ料理がいい、と主張したのは、他《ほか》でもない、小学生の星だったけれども。

逆に、そのときあまり乗り気でなかったのは、天だった。

なにか苦手な食材でもあるのかと思ったけれど、そうではなくて、自分よりおばあちゃんの好みを気にしたらしい。

この場でも、まずそれを口にした。

「ばあちゃん、大丈夫なの？　こういうの、食べたことないんじゃないの？　他にもいろんな食べもの屋さん、ありそうだけど」

きょろきょろと見回している。事前におばあちゃんに確かめる案も出たけれど、いつものサプライズに反するし、他にいくつも食べもの屋さんがある場所のようだから、当日変えてもいい、と決めて訪れたのだった。

「こういうの？　ってタイ料理のこと？　あるわよ、大好き」

天の心配に反して、おばあちゃんがあっさりと言う。タイ料理ではないけれど、神代団地のカフェでは、八角たっぷりの台湾料理、魯肉飯《ルーローハン》をおいしそうに食べていたから、花はイケそうだと思っていた。

「花ちゃん、やった〜」

「いえ〜い、星ちゃん」

タイ料理推しのふたりがハイタッチをして喜ぶと、納得いかない顔で天が、ちらっと見た。

「ばあちゃん、無理すんなって。あっちに蕎麦屋もあるよ、俺、カツカレーのセットでいいから。ばあちゃん、イカ天丼《てんどん》のセットにしなって。食べきれないぶんは、俺が食べるって」

「……あっちのお店のメニュー、いつの間に調べたの」と花。

「タイ料理って決めたよ！」

星は険しい顔で、兄に抗議した。

「だって、ばあちゃんは食べたことがないんだよ、タイ料理」

おばあちゃんの発言を信じる気はないのか、天は説得するように言った。「花と星に合わせようとしてっけど、無理だよ。何歳だと思ってんの」

「まあ、失礼ね。七十歳だって、タイ料理は食べるわよ」

おばあちゃんが反論した。「天、あなた、タイの辛いスープ、トムヤムクンが日本で流《は》行《や》って、何年経《た》つと思ってんのよ」

「知らない。五年くらい。うそ、六年」

明らかに適当なことを天が答えると、おばあちゃんは、ふん、と笑った。

「もう三十五年とか、四十年近く前じゃない？　碧と茜がチビだったときはあんまり行けなかったけど、おじいちゃんがエスニック料理大好きで、仕事の付き合いでよく行ってたお店があったのよ。新宿の、お店の名前は忘れたけど……ちょっとあとになってから、わたしも何度も連れてってもらったわよ。トムヤムクンも飲んだし、グリーンカレーだとか、あと、タイ風の焼きそばあるじゃない、なんだっけ」

訊かれた花が首をかしげると、

「……えっと、パッタイだ」

おばあちゃんは自力で記憶を呼び覚ました。「その、パッタイとか、食べたわよ」

「本当に？」

まだ疑わしそうに訊く天に、

「本当よ、だから入りましょ。気をつかってくれて、ありがとう、天」

と、おばあちゃんはやさしく言った。

「よし！　入ろう」

照れた表情の天が、先頭に立って行きかけてから、

「やっぱ、しゃれてたんだね、じいちゃん」

おばあちゃんに、ぼそっと言う。

「おしゃれよ、あの人は！」

亡き夫、根来咲三郎のことを話せて、おばあちゃんは嬉《うれ》しそうだった。

その勢いなら、パクチーの束だってむしゃむしゃ食べそうだった。

柔らかい海老《えび》のガーリック揚げ、パパイヤサラダ、生春巻き、鶏肉《とり》とカシューナッツの

炒《いた》め。

ガパオライス（鶏ひき肉バジル炒め目玉焼きのせごはん）、カオマンガイ（海南チキンライス　甘辛いタレがくせになる）、パッタイ（海老入りタイ風焼きそば）。

「食べきれない、っていうか、置ききれないから、一回それくらいにしなさいって」

ランチタイムのメニューと、いつでも頼める一品料理のメニュー、両方を見て次々と注文する孫たちに、おばあちゃんが言った。

注文を聞きに来てくれたタイ人らしい男性は、ずいぶん忙しそうだ。

店内に六つほどある二人掛けのテーブルは、ほとんど埋まっている。花たちは店内の一番奥、壁際だけソファ席になったテーブルを、二つくっつけて使っていた。

あとはカウンターが何席かと、外にテラス席が少しある。

入口に近いほうのテーブルでは、韓国語を話す女性たちが、パッタイのランチを楽しそうに食べている。

「サワディカー」

お店の人らしい、柔らかな笑顔の女性が入って来ると、通り道にいるお客さんたちに挨《あい》拶《さつ》をして、調理場のほうへ向かった。

用から戻ったところかもしれない。

「さっきの。こんにちは、って意味じゃないかしら」

と、おばあちゃんが言った。「ありがとう、が確か、コップンカーだから」

「へえ、そうなんだ」

「手を合わせて、笑顔で挨拶するのよね、タイの人たちって」

なるほど、花たちよりはいろいろ詳しそうだった。

さっきの女性が店内の給仕をはじめ、花たちのテーブルにも、ソフトドリンクが届き、ほどなくパパイヤサラダと、生春巻きが届いた。

サラダには、スライスしたパパイヤとニンジン、輪切りのミニトマト、トウガラシ、砕いたナッツが和えてある。

小皿に取り分けて、パパイヤのしっかりした歯ごたえを楽しむ。トウガラシのところを避ければ、とくに辛くは感じない。と、そこをがっつり食べたのか、

「ひー、辛い」

星が声を上げた。ゴブレットの水をぐびっと飲み、それからグアバジュースをストローで飲む。

細切りの鶏肉と海老、キュウリとニンジン、レタスやパクチーを包んだ生春巻きは、食べやすいサイズにカットされている。

半透明のライスペーパーの皮が、ずいぶんもっちりしていて、舌に吸いつくように柔らかい。

「あら、おいしい、これ」

おばあちゃんが喜んで、一切れをぺろりと食べた。「この、ちょっと甘辛いタレがおいしいわ」

鶏肉とカシューナッツの炒めと、柔らかい海老のガーリック揚げも届く。

味はどちらも食べやすく、本格的なのに花たちの口にも合う。特に海老のガーリック揚げのほうは、柔らかい、とわざわざ書いてあるだけあって、ソフトに揚がり、頭からがぶりといける。ガーリック風味もマイルドでよかった。

つづいてパッタイが届くと、また四人で、わっと食べる。海老、ニラ、もやし、魚のすり身……具だくさんなタイ風焼きそばは、ほんのりケチャップの甘い味がする。

四人で取り分けて、少しの余りを天が自分の皿によそうと、あっという間に料理が一皿カラになる。

「おいしい！　これ、最高」

自分のお皿に取ってあった海老のガーリック揚げを一尾食べた星が言い、またグアバジュースを吸い上げた。「今日、このお店にしてよかった」

「お嬢ちゃんは小学生？」

横のテーブルから、女の人が話しかけてきた。五十代くらいの、派手な雰囲気の女性だった。夫婦なのか、同世代の男性と一緒にいる。

「はい」

星がいい子のお返事をすると、

「ママと顔そっくりね」

と、今度は花のほうを見て言った。
マ、ママ？

花の驚きは伝わったのか、伝わらなかったのか、同じテーブルにいる天のほうにも視線をやり、

「ずいぶん若いご夫婦ね、それと……ひいおばあちゃん、かしら」

と、さすがに最後のほうは、自分の言葉にあまり自信を持てなくなったふうに女性は言った。

もちろん、話を合わせてあげるわけにもいかなかったのだろう。おばあちゃんがちょっと言いづらそうに、でも軽く笑いながら、「ごめんなさい、三人ともわたしの孫なんですよ。こっちとこっちが兄妹《きょうだい》で、長男の子供。こっちは長女の娘で、ここところは、いとこですね。みんな十代で……」

本当の関係を説明すると、

「あら～ごめんなさい！　そうよね、こんな若いパパとママのわけないわよね」

女性は、こちらのテーブル全員に向けて謝ってから、

「ごめんね」

と、花にもう一度謝った。それからおばあちゃんにも、すみません、と。

女性は食事を終えて、先に席を立つときにも、あらためて花たちに詫びて行った。

今度は連れの男性まで、ごめんね、と頭を下げていた。

鶏ひき肉のバジル炒めの横、こんもり盛ったごはんに目玉焼きがのったガパオライスを、うまい、うまい、と天が食べた。

つづいてジューシーな鶏肉がごはんに寄り添ったカオマンガイも、うまい、うまい、と食べる。

「ばあちゃん、大丈夫？」

「うん、満腹よ」

「花と、星は」

「お腹《なか》いっぱい」

少しずつ取り分けても、品数があったから、思った以上に花も満腹だった。

「ねえ、お兄ちゃん、ここ、せたＰａｙが使えるって」

星が言う。

「マジ？　ポイントつくのか」

聞けば、区内のお店で使える「せたがやＰａｙ」のアプリを、ふたりともスマホに入れているらしい。

「ばあちゃんは、入れてないの？」

「入れてないわ、せたＰａｙ」

おばあちゃんが軽く応じて、伝票を手にした。「今日は現金で払うね」

「あ、そう、もったいない」

兄と妹が同時に言う。

おばあちゃんがお勘定を済ませると、お店の女性が両手を合わせ、にこやかに、

「コップンカー」

と挨拶してくれた。

「コップンカー」

おばあちゃんが同じく手を合わせて言ったので、花も真似《まね》をした。

「コップンカー」

「コップンカー」「コップンカー」

星と天も同じようにしている。

「ありがとう、ってことよね」

お店の外に出てから、おばあちゃんがあらためて言った。「でも、男の人の言葉は違うんじゃなかったかな。コップンカップ、みたいに言うって、おじいちゃんが」

みんなで天を見ると、

「は？　俺が間違えたっていうの？」

背の高い従兄弟《いとこ》は、ないない、とばかりに首を振った。今日は、一回この場所で言い負かされているから、少しプライドが傷ついているのかもしれない。「だいたい、どうして俺が男だってわかるのさ。そんなことは、俺にしか決められないぜ？」

口をとがらせ、どこかムキになったふうに言う。「な、そうだろ。星」

いつもそんなデタラメばかり言うお兄ちゃんなのだろうか。

星は馴《な》れた調子で、うん、とうなずいた。

「コップンカー」

「コップンカー」

しつこく手を合わせて言うアホ兄に、可愛い妹が付き合ってあげていた。

以前、銀行の支店があったらしい場所は、ATMのスペースだけを残して空店舗となっている。

ただ、それ以外の「サンヒルズ希望ヶ丘」はしっかりしていた。

スーパーがあり、おしゃれ百均があり、めがね店があり、美容院がある。花屋も、皮膚《ひふ》科医院も、薬局も。児童向けの学習教室もある。

飲食店はタイ料理の他に、イタリアン、お蕎麦屋、喫茶・定食メニューのある休憩スペース。

「ここは？」

おしゃれな中華メニューを店頭に掲げたレストランの脇に、

「ご自由にお持ちください」

と貼り紙のある透明なケースが置かれていた。中には、カップやソーサー、ジョッキなんかが入っている。

「お店、閉めたのかしら」

おばあちゃんが気にしたように店舗を見たので、花も一緒に見ると、手前のテラス席はしばらく使っていないふうだったけれど、奥で人は立ち働いていた。

当分の間、夜の営業はお休みします、とテラス席の椅子に札が立てかけてあったから、時短をしているのだろう。

「こういうお店って、お家賃、いくらくらいするのかしらね」

おばあちゃんが、ぽつりと言ったのを天は聞きのがさなかったようだ。

「あ！　俺の提案した、ばあちゃんカフェ、やっぱり、はじめる気になった？」

おばあちゃんに訊く。

「ならないわよ。……ならない」

おばあちゃんは即座に否定しながらも、まだ興味ありそうに、お店のほうを見ていた。

「でも、こんな広くなくてもいいじゃないね」

おばあちゃんは、ひとりごとみたいに言うと、

「ね」

向きを変えて、花に同意を求めた。

「もし花とふたりでやるんだったら、もっと狭いお店でいいよね」

もし花とふたりでやるんだったら、というおばあちゃんの言葉に、花の心臓は、どきん、と反応した。

え。あるんだ。そんな可能性。

どきん。

どきん。

どきん。

どきん。

……たとえ一パーセントでも、嬉しい。

花が未来のようなものに、希望を感じたのはずいぶん久しぶりかもしれない。

「え？　おばあちゃんと花ちゃん、ふたりでお店やることにしたの？　なんのお店？」

小さな星が、ぐい、と話に割り込んできた。

「カフェだよ、カフェ」

と、天が勝手に言う。「俺がこの前、提案してたろ？　桜の苗を植え替えた日。ばあちゃんカフェ。聞いてなかった？」

「え～、じゃあ、星もそこで働く！　パン、焼きたい！　クリームパン！　ひとり十個まで！　すんごくおいしいけど、追加はなし！　売り切れたらおしまい！」

夢見るような話のわりに、ずいぶん具体的で力強い星の声と、

「おいおい！　ひとり十個までって、どんだけ売れる気でいるんだよ！」

素早い天のツッコミに、花は思わず微笑《ほほえ》んだ。

見ると、おばあちゃんも同じように微笑んでいる。

第７棟
祖師ヶ谷大蔵
東京都住宅供給公社　祖師谷住宅

間違えちゃった日

1

七月は暑かったので、いつもの団地散歩をお休みして、おばあちゃんの家で片づけの手伝いをした。

といっても、

「写真がいっぱい出てきたのよ、見て～」

とアルバムを積み上げて、一冊一冊開くおばあちゃんと一緒に、

「え！　うそ！　これ、お母さん？　こっちが碧おじさん？　信じられない」

とか、

「これ、最初におばあちゃんと行った、あの団地なの？　本当に？　なんか雰囲気が違うね！　緑が少なくない？」

とか、

「この若い女の人、おばあちゃん？　かわいい！」

とか、他愛のない話をしながら、おいしいお昼ご飯やおやつを食べて、のんびりと過ごしただけだったけれども。

いつも涼しくて、居心地がいいので、

「今日もおばあちゃんちで、片づけのお手伝いしてくる」

と母親に伝えて、花は毎日のように経堂のマンションまで遊びに来ていた。

「あ！　また花ちゃんだけずるい」

夏休みに入った小学生の星が遊びに来た日には、付き添いの天も一緒に姿を見せた。

「天も来たんだったら、また高いところのもの、取ってもらおうかしらね」

おばあちゃんがニコニコと嬉《うれ》しそうに言うと、

「ばあちゃん、俺《おれ》の特技、それだけじゃないんだぜ」

背の高い天が、不服そうに言い返した。

「あ、ごめんね。そういうつもりじゃないんだけど、ちょっと取ってほしいものがあって……」

「今日は、ばあちゃんに、俺のいれたうまいコーヒーを飲んでもらうよ」

家から持って来た手提げの帆布バッグを、天は得意そうに見せた。

そこにコーヒーをいれるセットが入っているらしい。

専用のエプロンまで用意した天が、ゆっくり支度をして、湯を沸かし、ドリップ式のコーヒーを丁寧にいれている。

「お兄ちゃんねえ、最近、家でコーヒーの練習ばっかりしてるんだよ。なんでって訊《き》いても教えてくれないけど、バレバレだよね。星がおばあちゃんと花ちゃんとはじめる団地のカフェに、絶対、参加したくなったんだよね。だったら素直に、まぜて、って言えばいいのに。性格がひねくれてて、言えないんだと思う。めんどくさいの」

「ちげーよ、星。ハズレだよ、ハズレ。大ハズレ」

黙ってコーヒーをいれていた天が、小学生の妹の言葉に、急にきつく反応した。高校生なのに、大人げない。「秋の文化祭で喫茶店やることに決まったの！　クラスの模擬店で。ザ・純喫茶！　俺がバリスタに任命されたから、夏休みの間に、その練習してんの」

「へえ、そうなの」と、おばあちゃん。

「そうなんだ」と、星。

「へえ、文化祭」と、花が口にすると、一瞬その場におかしな緊張が走った。

あっ、と天が困った顔をしたからだろう。

「なに？」

「なんでもないよ」

「……文化祭？」

「あっ」

「やめて、気つかわないで」

花は小さく笑った。高校を中退した自分に、学校行事の話なんてしちゃいけないと、きっとあわてたのだろう。

正直言って、まったくいらない気づかいだったけれど、ただ、天のやさしさには素直に感謝した。

そんな心やさしい天のいれてくれたコーヒーを、みんなでテーブルを囲んで、ずずっと飲む。

「星は甘いの一杯だけ、って決まってるの。それでね、飲んでいいのは午後三時まで。そこからあとはノンカフェイン。眠れなくなるといけないから」

ミルクと砂糖を、みんなの倍入れた星が言う。おばあちゃんがお皿に出してくれた、木の葉の形の素朴なサブレを、バリバリと食べる。

「ばあちゃん、どう」

デミタスカップにいれたコーヒーを、気取った手つきで口に運んだ天が訊くと、

「うん、おいしい」

と、おばあちゃんも小さなカップのコーヒーを飲んで答えた。

「さっぱり、さわやかな味がするね」

「そういう豆、選んでるからね。花は？」

「おいしい……天、コーヒーいれる才能があるんじゃない？」

「だろ？　俺も自分でいれて、そう思ったんだよね。俺のコーヒーうまくね？　って」

まだ練習をはじめたばかりなのに、ずいぶん強気なことを言う。

でも飲みやすい、おいしいコーヒーなのは間違いなかった。

「ばあちゃんカフェでこのコーヒーを出したかったら、たまにバイトしに行ってもいいぞ」

得意げな天の言葉に、

「ほら、やっぱり星のお店で働きたいんじゃん」

星が素早く言い返した。

「いつからおまえの店になったんだよ、小学生なのに。おまえは、若おかみかよ。ばあちゃんカフェだろ」

「だから、おばあちゃんカフェは、星とおばあちゃんと花ちゃん、三人のお店なの！」

「あ～、はいはい。わかったよ」

天があきれたふうに言う。

「ねえ、星。みんなでやるお店だったら、天のこともメンバーに入れてあげて」

おばあちゃんがやさしく言った。「だって天がいると、高いところのものを取ってもらえるわよ」

「だから、ばあちゃん。俺の特技はそれじゃないって！」

孫三人、おばあちゃんとわちゃわちゃ過ごす午後は楽しかった。

花はいつものスケッチブックに、エプロン姿の天と、湯気の立つコーヒーの絵をさらさらと描いた。

それから星が毎日焼くと言っていた「おいしいクリームパン」の絵も、想像でさらさら描く。

こんなふうにお店のメニューを描くことができたら、本当に楽しいだろうなと思う。

「そんで、ばあちゃん、高いところのもの、なに取ったらいいの」

みんながコーヒーを飲み終えると、背の高い天が、忘れずにおばあちゃんの取ってほしいものを訊《たず》ねている。

2

八月は、おばあちゃんのお誕生月だった。

お誕生日に一番近い日曜日に、二家族と、おばあちゃんとで夕食会をすることになった。

天と星の家族と、花の家族が、経堂のおばあちゃん宅に集合して出かけるのだ。

一年のうち半分くらいしか日本にいない花の父親も、タイミングよく帰っている。

「あなた、お母さんに会うのって久しぶりじゃないの？」

出かける支度をしながら、花の母親、茜が訊《き》くと、

「そうだね、最後に会ったのは、お義父《とう》さんの一周忌かな。もう一昨年《おととし》だっけ」

ポロシャツを着た父親が言った。

「どう？　元気？　お義母《かあ》さん」

一年のうち半分、海外で仕事をしているけれど、帰国したからといって、べつに仕事がお休みになるわけではないらしい。八月だというのに夏休みも取らずに、平日は忙しそうに仕事をしている。

「ん？　今ねえ、おばあちゃんのこと、一番詳しいのは、花よ。よく会ってるから。ね、花」

夫婦の会話に、娘を無理に巻き込まないでほしいと願いながら、

「おばあちゃん、元気だよ」

久しぶりに家にいる父親に、花は先回りのサービスで教えた。「この前、一緒にかき氷作ったよ。宇治抹茶アイスのせみたいなの」

「なんか、うまそうだな」

父親としっかり話したのは、一年以上休学して、やっぱり高校をやめたいと、春先に相談したときが最後だっただろうか。

そのとき父親は、

「わかった。学校に行くだけが人生じゃないから。先のことを考えないで、今は好きなこ

とをしたらいい」

と言ってくれたのだった。

花は、ホッとした反面、そこまで自由にさせてもらうと、自分がしっかりしなくちゃいけないなと緊張もしたのだった。

絵を描いたり、おばあちゃんに会ったりするのが今は好きだけれど、ずっとそれをしていればいいのかはわからない。

本当に好きなことを見つけるなんて、学校へ行くより、もっと難しいことなのかもしれなかった。

花の家からほど近い、下高井戸の洋菓子店で、おばあちゃんのバースデーケーキを受け取り、経堂へはタクシーで向かった。

天と星の家族が先に到着していて、ダイニングテーブルには、きれいな百合の花が飾られている。

「花ちゃ～ん」

と、星がへばりついてきて、

「おう、花」

と、天が偉そうに片手を上げた。

「あれ？　おまえたち、ずいぶん仲よくしてるんだな」

碧おじさんが、ちょっと不思議そうな顔をした。「前からそんなだった？」

「最近、うちでよく遊んでるのよ」

おばあちゃんが代わりに答え、「ね」と、花たちに目配せをした。

ケーキを一旦《いったん》冷蔵庫へしまい、夕食会の予約をしてある洋食店へ向かった。

おばあちゃんのマンションからすぐの、こぢんまりしたレストランだった。手ごねハンバーグが名物で、おじいちゃんもお気に入りのお店だった。

「俺、ホームランプレート」

ハンバーグ、オムライス、エビフライ、唐揚げ、ナポリタン、ミニサラダが一皿にのった、お店で一番派手なメニューを天が注文した。

あとは、みんなそれぞれに好きな料理を頼む。花は、このお店のカレーライスが大好きだった。

夕食を終えて、おばあちゃんの家に戻り、天と花でコーヒーと紅茶を手分けしていれると、親世代の評判は最高だった。

「家でもやってよ、そういうふうに」

花の母親が言い、

「そうよね！　自分がしたいときだけじゃなくて」

と、天の母親もうなずいている。

「で、花はこれからどうすんだ？　いずれ勉強しなおして、大学は行くつもりなんだろ」

碧おじさんの、唐突で余計な質問は、まあまあ、まあまあ、と周りがすぐに抑え込んでくれた。

きっとおじさんも、ひと言くらい意見したかったのだろう。

〈ゆりちゃん　七十一歳おめでとう！〉

と、プレートに書いてもらった大きなホールケーキを花がテーブルに運び、ロウソクに火をつけた。

みんなでハッピーバースデーの歌をうたうあいだに、あわてて写真立てのおじいちゃん、根来咲三郎をテーブルに運ぶ。

家じゅう、あちらこちらにおじいちゃんの写真が飾ってあるから、連れてくるのは簡単だった。

「ありがとう、みんな、ありがとう、孫たち」

ハッピーバースデーの歌が終わり、ロウソクの火を吹き消したおばあちゃんが、おじいちゃんの写真の横で嬉しそうに言う。

3

「花～、そろそろまた、ふたりで団地のお店、探さない？」

月末、声をかけてくれたのは、おばあちゃんのほうだった。

天や星と、一緒に出かけることが多くなったから、これからもそのスタイルでいくのかと思っていた。

「ふたりが気楽でしょ？　花がお出かけしたいって思ったときに、わたしが、うん、って答えたら、すぐにお出かけできるんだから。星や天を誘うのは、特別なときだけでいいんじゃない？」

そんな電話をもらって、花は嬉しくなった。

経堂からも近い、祖師ヶ谷大蔵《そしやおおくら》の団地が建て替えになるらしいから、その前に行ってみたいと花は思っていた。

まずそれを伝えると、

「あそこ、たしか『男はつらいよ』の監督さんとかも住んでいた団地よね」

おばあちゃんが言った。「近くを通ったことはあるけど、そうね、わたしも行ってみたいわ」

それから日取りを決めた。

ちょうど大きな台風が来ていたから、それが通り過ぎたあと、九月初旬に行こうということになった。

「あのね。それからこれ、余計なお世話かもしれないけど」

電話の向こうのおばあちゃんが、ふいに言った。「花、さびしいときは我慢しないで、さびしいって言いなさいね。人と比べる必要はないんだから。花がさびしかったら、それは、さびしいでいいのよ。花はやさしいから、人がさびしそうだって思ったら、自分はさびしいって言わないでしょ」

「……おばあちゃんは、さびしい？」

花が訊くと、

「だから、人のことはいいのよ」

おばあちゃんがやさしい声で言い、笑った。

それから、ちょっと自慢でもするみたいに、「わたしはね、さびしいわよ〜。本当にさびしいの。だって大好きなおじいちゃんが亡くなって、まだ三年も経《た》たないんだもの」

「会いたい？　おじいちゃんに」

「会いたいね〜、毎日」

と、おばあちゃんは言った。

祖師ヶ谷大蔵の駅までは、経堂から各駅停車で二駅、所要時間は四分だった。

小田急線の駅を降りると、駅前広場にウルトラマンの像が仁王立ちしている。

かつてこの近くに「ウルトラマン」を制作した円谷《つぶらや》プロダクションの本社や、創設者・円谷英二《えいじ》氏の自宅などがあり、ウルトラマン生誕の地として知られているらしい。

今では商店街にも、ウルトラマンの名前がつけられていた。

通りにはウルトラマンやウルトラセブンなどの姿を、スタイリッシュにデザインした街灯が並んでいる。その街灯から、怪獣たちのイラストがプリントされた旗が下がっていた。

「あと、ここには木梨《きなし》サイクルがあるわね」

おばあちゃんが楽しそうに言った。とんねるずの「ノリさん」の、実家の自転車店が有名とのことだった。

時刻は夕方だった。

まだ暑さも厳しかったから、少し日が陰る頃《ころ》にお散歩をして、今日はディナーを食べようよ、とおばあちゃんが提案したのだった。

「でも、夜は値段……高いかもしれない」

ピザが有名らしい、イタリアンのお店を見つけていた花が気後れして言うと、

「いいわよ、お誕生日に、碧と茜に、お小遣いもらったから。それでご馳走食べましょう。茜にもちゃんと連絡しておくから大丈夫！」

おばあちゃんが、請け合ってくれた。

車が一台通れば、通行客たちが身を寄せなくてはいけないくらいのウルトラマン商店街を歩き、木梨サイクルも見つけ、ほどなく団地の前に出た。

「お店、ここ」

けやきロード祖師谷《そしがや》、と手前に書かれた角を曲がると、お目当てのお店があった。

今は休憩時間らしい。

「なんかねえ、この道のずっと向こうまで団地があるみたい」

「じゃあ、歩いてみようか」

車道を挟んで向こうにある四階建ての棟は、どこも建て替えが決まっているからだろうか、少し古びたまま、あまり改修や補修もされずに使われている様子だった。

アーケードになったこちらのお店側の建物の先には、やはり四階建ての棟があり、そこに一号棟の文字が見えた。

次が二号棟。

ただその隣は二十号棟、二十一号棟。

車道を挟んだ向こうの棟と、番号がつながっているのだろう。

しばらく歩くと青い給水塔を右手に見て、公園に行き当たる。

その脇《わき》の二十九号棟、三十号棟には人の暮らしている気配があったから、建て替えはまだ先のことかと思っていると、いよいよ三十一号棟には、建て替え計画の影がくっきりと見えた。

もう入口が封鎖され、棟の前の自転車置き場にも、黄色いテープが張られている。

「でも、ちょっと前まで、人が住んでた感じね」

おばあちゃんが言う。周りの植栽や、残された植木鉢の様子から、確かにそんなふうに見えた。

その一帯、三十一号棟から三十七号棟までが、一番早い時期に建て替えられる計画のようで、完成は、令和九年度の予定とあった。

さっき公園を若い男性が犬連れで散歩していたように思ったけれど、気がつくといなくなっていた。

「消えた」

花が言うと、

「まさか。どこか、道を逸《そ》れたんじゃない？」

と、おばあちゃんが言った。

さっきは、すっと通ってしまったけれど、公園の向かいにある二十八号棟は、二階建ての低い棟だった。

「二階建てだね、商業棟だったのかな」

ちょっと団地知識の増えた花とおばあちゃんが話しながら、低い棟の裏へ回り込んでみると、そちら側に上下六戸ずつのドアがあり、一階と二階、別々に貸していたのだろう、二階のドアからは、二戸ずつが使うように階段が三つ、下へ延びていた。

ドアがピンクなのも可愛《かわい》らしい。

「ここ、可愛い。かっこいい」

おばあちゃんとの団地散歩でも、はじめて見るスタイルだった。すでに人が住んでいない棟みたいだったので、花がスマホで写真を撮る。

「おばあちゃんも入って」

階段の下におばあちゃんに立ってもらって、何枚か撮影した。

「見せて」

おばあちゃんに言われて、見せると、

「あら、顔がしわくちゃね」

と、おばあちゃんが笑った。

「ねえ、おばあちゃん。今日のお店なんだけど」

来たほうへとゆっくりと戻りながら、花は言った。車道沿いに、大きなケヤキの木が並んでいる。

「さっきの角のところでしょ、ピザ屋さん？　イタリアン？」

「うん……あそこ、団地の外かもしれない」

「そう？　こっち側も、お向かいも団地だったじゃない」

「こっちも、あっちも団地だけど、あのお店が入ってる建物は、違うのかも」

さっき通ったときに、なんとなくそんな気がした。「どうしよう」

「あら、そんな細かいこと、気にしなくていいわよ」

おばあちゃんが笑った。「同じよ、同じ。団地のそばのお店でいいじゃない。早く行って食べましょう」


アオジ、という名前のイタリア料理店は、アンティークな雰囲気のしゃれたお店だった。ちょうど夜の営業がはじまったところで、花たちが最初のお客になった。

木のテーブルと、しっくいの壁。すりガラスの入った衝立《ついたて》。むき出しのレールからつり下がったペンダントライトも、見たところ、ひとつひとつ形が違っている。

前菜二品とピザを頼んだ。飲み物はおばあちゃんがシチリア産ブラッドオレンジジジュース、花はジンジャエール。

最初に、ブドウとナシのサラダが届いた。こんもり緑の葉っぱに、半分に割ったブドウ

(巨峰、マスカット、ピオーネ)と、小さくカットされたナシが和えてある。

「おいしい、これ。ジューシー」

花が喜ぶと、

「ほら、たくさん食べなさい」

おばあちゃんが、すぐにおかわりをよそってくれる。

葉っぱはロメインレタス、ベビーリーフ、ケール……ゴマの味がするのはルッコラだろうか。

一種類、粘り気のある葉っぱがなんだかわからずに、

「なんだろうね、これ」

おばあちゃんと話したけれど、わからない。おばあちゃんがお店の人に訊ねると、「ツルムラサキ」とのことだった。

次は鰹《かつお》のたたきに、焼きなす、茗荷《みょうが》、葱《ねぎ》、からすみを添えた一皿が届いた。

タルタルサラダ風に、お皿に円く盛られた見た目がまず美しい。

それを切るように、おばあちゃんと取り分けた。オリーブオイルのさわやかな味わいと、

薬味たっぷりな鰹のたたきの食感がいい。

そしてメインのピザが届くと、ふわっとコーンの甘い香りがした。

それだけでもう絶品の予感がする。

きれいに焦げ目のついた生地の上に、シンプルなチーズとコーン、そして青唐辛子と大量の茗荷がトッピングされている。

「おいしい！」

と、花は喜び、

「本当、おいしいわね！」

おばあちゃんも満面の笑みで言った。

コーンの甘さと、ピリッとくる青唐辛子のバランスが素晴らしい。

ふたりでピザをペロリと平らげて、デザートに花はクラシックな固めのプリン、おばあちゃんは柚子《ゆず》シャーベットを食べた。

テーブルで会計を済ませて、お店を出るときに、

「そこの団地、建て替えちゃうんでしょ」

おばあちゃんが店員さんに訊いた。

若い女性が、わざわざ外まで見送りに出てくれている。

「そうらしいですね、でも、全部が完成するのに、まだ十五年くらいかかるみたいですよ」

「十五年！」

「この前あたりが、広場になる計画みたいですけど、最後になるって」

「あら、そう」

おばあちゃんが感心したように言い、それからこそっと訊いた。「このお店は、団地じゃないのね」

「ここは違います」

やっぱり、と花は下を向いた。

「あら、そう。今ね、孫といろんな団地を見て回ってるのよ。わたし、昔、団地に住んでて懐かしいのと、孫は逆に目新しいのか、面白く思ってるみたいで。今、おしゃれなカフェとか入ってる団地があるのよね」

「へえ、そうなんですか。うちもオーナーが団地好きで、ここの建物の写真、いっぱい撮ってるんですよ。お手洗いに飾ってあるんですけど」

「あら、そう。見ればよかったわ」

「ここも、なんか建て替えまでは、好きに部屋の壁なんか塗ったりできるって、アーティストの人たちが住んでるみたいですよ」

「へえ、楽しそうね、花。そういうのもいいね」

おばあちゃんの言葉に、花は大きくうなずいた。

「一緒に写真撮りましょうか」

お店の人が言ってくれたので、おばあちゃんと並んで、しゃれたお店の前で写真を撮ってもらった。

十五年先。

この美味《おい》しいイタリアンの向かいの団地が、すっかり新しく建て替わる頃には、おばあちゃんは八十六。わたしも三十いくつの大人になっているのだろうか。

花は不思議な気持ちで考えていた。

第8棟
鶴川　鶴川団地

おばあちゃんのお友だちに会った日

1

「ねえ、花、今度、鶴川《つるかわ》に行かない？」

おばあちゃんが言ったのは、九月のおわりだった。

「鶴川？」

花は聞き返した。

鶴川は小田急線の駅で、経堂からは、各駅停車で四十分くらいかかる。急行を使って途中で乗り換えれば、三十分弱だろうか。

「新百合ヶ丘のときに仲のよかったお友だちが、今、鶴川の団地に住んでるのよ。一度遊びに来て、って誘われたまま、なかなかチャンスがなくて」

「行ってみたい」

花は素早く答えた。

「え、本当？　じゃあ、いっしょに行く？」

「うん、行く」

素直にうなずくと、花は大きく口を開けて、大粒のマスカットを、すぽっ、と吸い込んだ。

母親から預かったシャインマスカットを手土産《てみやげ》に、経堂のマンションまで遊びに来ていた。

おばあちゃんがさっそくそれを洗って、出してくれたのだ。ぷしゅっと、さわやかな果汁が口の中に広がる。

「これ、おいしいよ」

「そう？　じゃあ、わたしもいただこうかな」

おばあちゃんも、口をOの字に開けてマスカットを食べた。「あら、本当ね。ジューシー。茜にありがとうって伝えてね。高かったんじゃないの？」

「ううん、なんか知り合いの人から、たくさんもらったみたい。だからお金はかかってないよ」

「あら、そう」

「おすそわけです、って言うの忘れちゃった。教わって来たのに」

指先をちょんちょんと布巾《ふきん》でぬぐって、花とおばあちゃんは微笑《ほほえ》み合った。「それより、おばあちゃんって、お友だちいるんだね」

「え、いないと思ってたの？」

おばあちゃんは、ちょっと口をとがらせた。めずらしく不服そうな顔をしている。「いるわよ、わたしにだって」

「そうなんだ……知らなかった」

ごめん、というふうに、花はちょこんと頭を下げた。べつに、なにか意地悪を言ったつもりではなかったけれども。

大人になっても友だちがいる、という状況が、十代の花には、正直ぴんとこなかった。

両親とも、あまり古い知り合いを家に招いたりしないからかもしれない。

「よく会うの？　そのお友だちに」

「ううん。最近はなかなか会えないわね〜。五年くらい前かしら、わたしがこっちに越してから、一度、遊びに来てもらったことがあったかな。そのあとはハガキのやり取りばっかりで、おじいちゃんが亡くなったときも、結局、喪中ハガキでお知らせして、そしたらすぐにお線香とお花を送ってくれてね。そのとき電話で話したのが、声を聞いた最後かもしれない」

おばあちゃんは言うと、少し恥ずかしそうに笑った。「ねえ、花。それでも本当に友だち？　って、今、思ったでしょ」

「思ってない、思ってない」

花は急いで首をふった。

「いいわよ、思って。わたしも今、ちょっと思ったから」

いつもの可愛《かわい》らしい表情に戻って、おばあちゃんが笑った。「でもね、年取ると、そんなにしょっちゅう会わなくても、やっぱりお友だちなの。五年ぶりでも、十年ぶりでも。なんだったら二十年ぶりでも。どんなに久しぶりに会っても、お互いに気持ちが昔のままなら、ずっとお友だち」

「へえ、そうなんだ」

五年も十年も気持ちが変わらない、ということのほうが、花には信じられなかったけれど、おばあちゃんくらいの年になれば、一年はあっという間だとも聞く。きっと他《ほか》のことに気を取られているうちに、相手への気持ちは変わらないまま、平気で何年も経《た》ってしまうのだろう。

「じゃあ、今度、遊びに行ってもいい？　って、彼女に電話してみようかしら。花も一緒に行くって」

「わたしのこと知ってるの？」

「名前くらいかな。茜の娘、って言えば一発」

「お母さんのことは知ってるんだ」

「そりゃ知ってるわよ、新百合ヶ丘にいたときのお友だちなんだから。茜たちが中学に上がって、ちょっと暇になった頃《ころ》かな、編み物教室に通ってて、そこで一緒だったの。すごく気が合ってね、教室以外でも、しょっちゅう会ってた。教室やめてからも、ずっと。悦《えっ》子《こ》さん。えっちゃん。……花は、ダメな曜日とか、ダメな週は、ある？」

「ない」

花がきっぱり答えると、おばあちゃんは笑顔でうなずき、さっそく「お友だち」の悦子さんに連絡を取ることにしたようだった。

珍しく固定電話の子機に手を伸ばすと、花がマスカットを食べている横で、手帳を開いて、ぴっ、ぴっ、ぴっ、とボタンを押す。

すました顔で呼び出し音を聞き、相手が出ると、

「お久しぶり、元気？」

気取った声で話してから、明るく苗字を名乗った。

受話器からは、ずいぶん弾んだ声が聞こえる。

傍《はた》で聞いていても、いかにも親しさのわかる声だった。

2

十月に入ってすぐ、鶴川へ行くことになった。

平日の午前中だった。

朝から天気がよかったのに、花が自転車でおばあちゃんの家へ向かっていると、空は青く晴れたまま、ぱらぱらと大粒の雨が降ってきた。

どこかのビルの上のほうから、水が撒《ま》かれたのかと思ったくらい。

自転車を停《と》めて、つい見上げたくなってしまうような、きれいなお天気雨だった。

「おばあちゃ〜ん、雨降ってきたよ〜」

部屋まで上がってタオルを借り、髪や服を拭《ぬぐ》ってから、おばあちゃんとふたり、傘を持って出かけた。

駅前の和菓子店で手土産を買ってから、駅舎に入る。

タイミングよく急行が到着したので、それに乗って経堂駅を出発して、千歳船橋《ちとせふなばし》、祖師ヶ谷大蔵を通過。

次に停まった成城学園前を出ると、喜多見《きたみ》、狛江を通過。

通り過ぎる駅を見ながら、祖師ヶ谷大蔵で〈ピザ〉、成城学園前で〈神代団地のカフェ〉、狛江で〈タコのすべり台〉といった具合に、花はその駅を起点に行った場所をいちいち思い返していた。

今年になってから、花にはそういった、おばあちゃんとの思い出がたくさん増えている。

小さなスケッチブックにさらさらと描いたイラストも、ずいぶん溜まっていた。

「なくなっちゃうのね、あそこ、ミロード」

電車内の吊り広告を見て、おばあちゃんが言った。来年の春に閉店する新宿のショッピングビルの、四十周年を記念してのイベントの広告だった。

「おばあちゃん、行ったことあるの?」

周辺にある老舗《しにせ》デパートよりは、若い客層をターゲットにしたビルのはずだった。

といっても、花もカフェとトイレくらいしか利用したことがなかったけれども。

「うん、行ってたわよ、昔。できてすぐの頃とか」

「いくつくらいのとき?」

「四十年前だから、三十歳くらいじゃない? 三十一とか。まだ若かったおじいちゃんと一緒に、チビだった碧と茜を連れて、上の階のレストランに行ったわよ」

「へえええ」

またひとつおばあちゃんの歴史を知って、花は嬉《うれ》しくなった。

なじみのある「しんゆり」、新百合ヶ丘で急行をおりて、おばあちゃんの家で飼っていた犬のポーター、白くて可愛いポーちゃんのことをたくさん話しながら、各駅停車に乗り換えた。

そこから二駅目が、鶴川だった。

登戸《のぼりと》の手前で多摩川を越えて神奈川県に入ったはずなのに、いつの間にか県境を越えてまた東京都に戻り、ここの住所は町田《まちだ》市になるようだった。

着いたのは、十一時を少し回ったくらいだった。

せっかく傘を持って来たのに、雨は降っていない。

おばあちゃんが約束どおりに、駅に着いた連絡をしている。歩きながら話さないで、ちゃんと立ち止まって話しているのがおばあちゃんらしい。

改札からちょっと歩いて、工事中の場所が多いロータリーで、教わった番号のバスに乗った。

坂を上って下り、少し上って、しばらく真《ま》っ直《す》ぐ走って右に折れる。

また坂を上りはじめると、ほどなく団地が見え、その次のバス停で降りるボタンを押した。

おばあちゃんの友だち、悦子さんはバス停のそばで待っていた。

黒いTシャツを着て、白いパンツをはいた、すらりと背筋の伸びた女性だった。短めの髪をナチュラルなグレーにしている。

花とおばあちゃんが降りると、すっと近寄って来て、

「ゆりちゃん、久しぶり」

目を線みたいに細めて、懐かしそうに言った。

「えっちゃん、ごぶさた」

おばあちゃんが、ハグでもするように、さらに身を寄せた。

近っ。

ふたりの再会を少し離れて見ていた花に、

「いらっしゃい、花ちゃん。茜ちゃんの娘〜」

悦子さんは、全身で好意を表現しながら両手を広げた。

花は小さく前に出て、

「こんにちは、花です」

ぺこりと頭を下げた。

今のところ、それが花には精一杯の好意の表し方だった。

悦子さんは笑っていた。

「ゆりちゃんと食べ歩きしてるんだってね。団地が好きなの?」

「はい、いろいろ見て回ってます」

「ここね、いいお店がいっぱいあるわよ。いっぱい」

悦子さんは言ってから、花とおばあちゃんの持つ傘に目を留めたようだった。

「雨降ってた？」

「うん、天気雨だけど」

おばあちゃんが答えた。

「狐の嫁入りだ」

「そう」

バス停から通りを渡った。

すぐに五階建ての、団地の建物が見える。

最上階の壁面が一角だけ濃く塗られ、TSURUKAWA DANCHIというローマ字と、棟の番号が白抜き文字になっている。

横に白い線で描かれた波のようなものは、よく見れば羽と長い首らしい。デザイン化された鶴の絵だろう。

「鶴川団地センター名店街」というのが、その棟の向こうにある商店街のようだった。

通り沿いに、わりと広めのお客様駐車場まで用意されているから、そこそこお客さんが来るのだろう。

車道にかかった歩道橋は、向かいのバス停を越えて、崖上の道へとつながっているようだった。一旦《いったん》そこに上がってから、こちらへ渡るのは大仰かもしれない。

「ここが商店街。おいしいお蕎麦《そば》屋さんがあるから、お昼はそこで食べようね」

悦子さんの案内で、歩道橋の下、棟と棟の間を抜けた。

「ゼルビアのまち町田」という青い旗をくぐって行くと、そこは団地の棟に囲まれた広場だった。

「すごい！」

花が声を上げると、

「そう？」

悦子さんが嬉しそうに言った。

明るい広場の周りに、お店がずらりと並んでいる。

二十軒ほどあるのだろうか。

お店の前の歩道には、幅のある屋根がかかっていて、その中程までがお店の使うスペースなのだろう。そこにテーブルを並べたり、商品のケースを出しているお店もあるようだった。

広場の真ん中には、紅白幕の下がったやぐらが立ち、その手前に集会用の野外テントが見える。

「あれは？」

花が指差すと、

「今度の土日が秋祭りなの」

悦子さんが教えてくれた。「そこに来てもらってもよかったんだけど、いきなり人がいっぱいで、疲れちゃってもいけないでしょ」

「団地の中って、お祭りあるんですか」

花の質問に、

「あるわよ」

「あるわね」

悦子さんと同時に、おばあちゃんも答えた。

団地でお祭りは定番なのかもしれない。

「お蕎麦屋さん、あっちだけど、せっかくだから花ちゃんを向こうまで案内するね。ゆりちゃんは、足、大丈夫？」

「うん、最近、花とよく歩いてるから元気よ」

「よし！」

と悦子さんが言った。年齢は、悦子さんのほうが、おばあちゃんよりふたつ下ということだった。

角っこのお寿司屋さん……ずいぶん品揃《しなぞろ》えのよさそうな、立派な酒屋さん……あんしん相談室……広場を囲む「名店街」の屋根には、ZELVIAと書かれた青い旗と、軒先に、お祭りの提灯《ちょうちん》がさがっている。

音楽教室はシャッターが下りているけれど、利用されている気配はある。ケースに入った野菜をたくさん店頭に並べた、間口の広い青果店……いかにも古くからありそうな大きな精肉店……ベーカリーの店先にも、その場で食べられるようにしているのだろう、テーブルやベンチが並んでいた。ベーカリーの入口の脇《わき》には、高さ一メートル弱の、ソフトクリームのサインも立っている。

「なかなかいいわね、ここ。名店街」

おばあちゃんが言い、花もうなずいた。

ベーカリーの先にスーパーがあり、そこから広場の向こうへと回り込む間の切れ目には短い階段があって、下に「鶴川団地センター名店街」と書かれたアーチが見えた。

「あんなアーチもあるんだね」

花の言葉に、

「そのアーチを抜けると、道を渡って、向こうにもお店があるのよ」

悦子さんが言った。

「面白いから、ふたりに見てほしい。来て」

と先へ進む。

花はおばあちゃんの足もとを気づかいながら、ゆっくり悦子さんについて行った。

アーチには人間の顔をした太陽の絵と、「ようこそ！　太陽の広場へ」という歓迎の言葉も書いてある。

その楽しげなアーチを、花はしっかり見上げてからくぐり（くぐった反対側も同じ絵柄だった）、そこから細い車道を渡った。

向こうにあるのは、「鶴川団地　セントラル商店街」という、微妙に違う名前の商店街だった。

二階建ての商業施設が、細長く、道の向こうに立ちはだかっていた。ところどころ、中へ入る通路があり、そこにＧＡＴＥ３、ＧＡＴＥ４といった数字が書かれている。

悦子さんが通りに面したオススメのお店へと案内してくれた。

ガラスの引き戸に、「夜もすがら骨董《こっとう》店」と、しゃれた金の文字で書かれている。間口のそんなに広くない、小さな骨董店だった。

振り子式の大きな時計や、おしろいの琺瑯《ほうろう》看板、どこまでが売り物なのか、水色のタイル張りの洗面台なんかが置かれている。

「あら、すごいわね」

花よりもまず、おばあちゃんが興奮した。

骨董店の横には、しみぬき承ります、と書かれたクリーニング店がある。

建物の脇のほうから「セントラル商店街」の内部に入ると、中はアーケードになっていた。

やはり同じような小さな店舗が並んでいる。

雑貨屋さんや洋品店、米穀店、青果店。夕方から開くのか、まだ準備中の居酒屋さんが見える。

「あら～、いいわね。なんだか、すごく昭和」

「懐かしいでしょ」

「懐かしい」

「古いおもちゃ屋さんなんかも、向こうにあるのよ。昔の商品なんかも、そのまま置いてあるって、話題になってたみたい」

「へえ、そうなの」

おばあちゃんと悦子さんが楽しそうに話している。

3

「センター名店街」に戻り、いよいよお昼を食べることにした。

お蕎麦屋さんの向こうには、洋菓子店、郵便局、図書館が並んでいる。

「ここのケーキもおいしいのよ」

悦子さんが言う。「あとで、ケーキ買おうと思ってるの。お部屋で食べましょ」

「あら、和菓子買って来たわよ、うちの近くで。麩《ふ》まんじゅうと粟餅《あわもち》と、あと最中《もなか》」

「わー、楽しみ。でも、両方食べたらいいよね」

「まあね、食べられるね」

おばあちゃんが、若やいだ声で言った。

浅野屋《あさのや》という屋号の蕎麦店に入って、席についた。

「天丼《てんどん》が、とにかく私のオススメ」

メニューを開かずに、悦子さんが言った。「甘じょっぱくておいしいの。ここを下見に来たときに偶然食べて、いつでもこの味を食べられるならいいな、って、この団地に決めたくらいだから」

「あら、そんなに？」

「そりゃいろいろね、お家賃とか、広さとか、リフォーム具合とかもあったけど、ここの天丼が食べられる、っていうのは、私の中で大きかったの。なんか楽しめそうじゃない、おいしいものが近くにあるのって」

「そうね」

おばあちゃんは、すっかり興味を持ったようだった。「じゃあ、わたし、天丼にする。花は？」

「わたしも」

「じゃあ天丼三つね」

悦子さんが、顔なじみらしいお店の女性に注文した。

グラスの麦茶を飲んで、料理が出てくるのを待つ。

「なんか、ゼルビア？　青い旗がいっぱいかかってたけど……あれはなに？」

おばあちゃんが、ふと思い出したように訊《き》いた。

「地元のサッカーチームよ」

悦子さんは自分の黒いTシャツに記された、FCMZという青い文字を指差した。「FC町田ゼルビア。今年、J1に上がって、リーグ戦、ずっと首位だったんだけど、今、ちょっと落ちて三位かな。でも優勝を狙《ねら》える位置！」

「へえ、サッカー応援してるの？　えっちゃん。前から？」

「ううん、今年、急に」

「スタジアムにも行くの？」

「もちろん。ここから近いのよ。みんな、鶴川駅から直通バスで来るんだから」

「さすが、えっちゃん。フットワークが軽い」

「でしょ。私より、ありさのほうが熱心だけどね」

ありさというのは、悦子さんの同居している娘のことらしかった。「だんだん掃除もめんどくさくなるし、ひとりで住むのにちょうどいい広さ、って思ってここに決めたのに、ありさが離婚して、いきなり転がり込んで来て、予定外なの。まあ、慣れたけどね。娘だし。でも本人は友だちに、親の介護で同居をはじめたって言ってるらしいのよ、失礼しちゃう」

悦子さんが言う。新しく来たお客さんが、ラーメンを注文するのが聞こえる。

「ラーメン？」

花が小声で言うと、

「結構、頼む人いるわよ。おいしいみたい。あと、お蕎麦も、カツ丼とかのいろんなセットがあってお得よ。でも、私は天丼」

花の疑問に、悦子さんがさっと答えてくれる。それからさっきの話に戻った。「まあね。私も離婚したからね。離婚ダメとは言えないしね」

悦子さんは新百合ヶ丘にいた頃に離婚し、ひとりで息子と娘を育て、どちらも結婚して家を出たので、老後のあれこれを考え、十年ほど前、この団地に転居したということだった。

ほどなく、天丼が三つ届いた。

「食べて、食べて。私、この甘じょっぱい天丼の味が気に入って、この団地に住むことにしたんだから」

悦子さんは、今日二回目の話をした。

自分のお箸《はし》を割るよりも、まず花とおばあちゃんに天丼を食べさせたいらしい。

それぞれお盆の上には、海老《えび》二本と舞茸《まいたけ》の天丼、ほうれん草のお味噌汁《みそしる》、大根とキュウリのぬか漬けがのっている。

「いただきま〜す」

花は、さっそく箸を割った。

茶色くタレのよくしみた海老天を取り、口に運ぶ。

さくっ、とも、ぷりっ、とも、ふわっ、とも違う。

甘じょっぱい、と悦子さんが言ったのがわかる。

濃い味なのに、絶妙に甘い。

口の中に、じんわりと甘みがやさしく広がっていく。

「おいしい!」

「そう? 好きな味?」

悦子さんが得意そうに訊く。

「うん、すごく好き」

花は満面の笑みで、心から言った。

また海老天を一口食べて、つづけてご飯も口に運ぶ。

ご飯にしみた、タレの味もいい。

おばあちゃんは、ようやくお箸を割って、ゆっくりお味噌汁を飲みはじめている。

「ここに住みたくなった理由、よくわかる!」

花が力強く言うと、あらあら、とおばあちゃんが言い、悦子さんが笑った。

あまりのおいしさに、花はごはん粒一つ残さず、天丼をぺろりと平らげた。

お蕎麦屋さんを出てから、隣の洋菓子店「パティスリー ル・ソレイユ」でケーキを選び、悦子さんの部屋へ向かった。

広場を囲んだ棟のうしろ、高台の、見晴らしのいい棟に悦子さんの部屋はあった。

山を切り開いて建てられたのだろうか。

ベランダの窓からおばあちゃんと景色を楽しんでいると、

「はい、どうぞ。おもたせですけど」

悦子さんがお茶と、手土産の和菓子を出してくれた。

「おもたせ?」

花の疑問に、

「お客さんの手土産を出すときに言うのよ。おもたせですけど、って」

おばあちゃんが教えてくれた。

「ケーキは、ありさが帰ってからでいい? 今日、早いから」

悦子さんに言われて、

「はい」

花はうなずいた。

つるんとした麩まんじゅうを食べて、おいしい日本茶をいただく。

娘のありささんは、日中、駅前のショッピングモールの惣菜《そうざい》店でアルバイトをしているらしい。悦子さんは派遣の仕事がちょうど途切れて、ひと月ほど、お休みの期間ということだった。

「じつはね、わたしもこの子と一緒に、お店かなんかできたらいいなって思ってるのよ」

栗餅を食べながら、おばあちゃんが言った。

「なんのお店？」と悦子さん。

「カフェか、食べもの屋さん？」

「え〜、ゆりちゃんがお店やるなら、私も働きたいわ」

「あら、また店員さんが増えた」

花の他《ほか》に、いとこの天と星も働かせる予定のおばあちゃんが笑った。

それから一時間ほどで、悦子さんによく似た顔立ちの娘さんが帰って来た。

彼女も黒地に青くＦＣＭＺと記されたＴシャツを着ている。

目ざとい花が、

「……あ、町田ゼルビア」

ひとりごとのようにそれを指摘すると、

「もちろん！　今が大切な時期だからね」

彼女は、地元チームのサポーターらしく胸を張った。

リビングの棚に置いてあるカッパみたいな顔のぬいぐるみも、チームのマスコットキャラクターらしい。

「カッパじゃなくて、鳥だよ、カワセミ。名前はゼルビー。頭の上にあるのは、お皿じゃなくて羽だから。頭の上の羽毛。冠羽っていうの」

「かんう」

「ベージュっぽいから、ちょっとハゲ頭にも見えちゃうけどね」

ありさんは悪戯《いたずら》っぽく言い、それから手洗いと着替えに行って、またリビングに戻った。

あらためて、おばあちゃんと花に挨拶《あいさつ》をする。

新百合ヶ丘に住んでいた頃、何度も花の母親、茜とは遊んだらしい。

「茜お姉ちゃんの娘かあ。遊んだっていうか、私がチビで遊んでもらってたんだけどね。私が小学生くらいのとき。お姉ちゃん、中学生か高校生で。宿題やってもらったり、トランプしたり。時が経《た》つのは早いねえ」

「やめてよ、おばあさんみたいに」

と、悦子さんが首を振った。

火にかけていたお湯がわいたので、悦子さんはケーキの箱を冷蔵庫から出した。

お盆にお皿をのせて、持って来てくれる。

花には、マスカットがたっぷり使われたショートケーキ。

おばあちゃんには、板チョコや小さなボールチョコに彩られたチョコレートのケーキ。

あと二つのうち、果物がいっぱい挟まったフルーツエクレアをありささんが選んで、悦子さんはイチゴのショートケーキになった。

十代、四十代、六十代、七十代の四人で、ダイニングテーブルを囲み、熱い紅茶と、団地内の有名洋菓子店のケーキをいただく。

「おいしい」

「花、あなた、シャインマスカット好きだよね」

おばあちゃんが言い、

「わたしのも半分取りなさいよ」

チョコレートのケーキがのったお皿をすっと押した。

半分は申し訳ないので、板チョコが飾られていないほうの、ボールチョコが並んだほうから三分の一くらいをフォークで切って、自分のお皿にもらう。

「もっと取ったら?」

「おばあちゃんのが減っちゃうよ」

「あら、そう?」

おばあちゃんは、自分と花のお皿を見比べてから、ゆっくりとチョコレートケーキを口に運んだ。

「うん、これ、おいしいわ」

と、大きくうなずく。

「でしょ」

と、悦子さん。

「いいお店が入ってるのね、ここの商店街」

「ゼルビアのホームの試合のときも、出店してんですよ、ここ」

と、ありささん。

「へえ」

下を向いたおばあちゃんが、自分のフォークを少し見つめてから顔を上げた。

「団地の中のお店って、借りるのにいくらくらいかかるのかしら」

急にはっきりと悦子さんに訊くと、

「お店の？　お家賃？　浅野屋の人に訊いてみようか。それかケーキ屋さん」

悦子さんが素早く応じた。「電話番号わかるよ」

急に具体的な話になって、花はどきっとする。

「いい、いい。そんなこと、電話で訊いたらへんでしょ」

おばあちゃんが慌てたふうに言った。

「そうかな。じゃあ、お店行って訊く？」

「いいって、べつに慌てないから。なんとなくの話」

おばあちゃんが急いで制しているのは、きっと悦子さんが、なんでもすぐ行動するタイプの人だからだろう。

「そうなの？」

悦子さんは小さく首を傾《かし》げてから、ふっ、と笑い、おばあちゃんのことをやさしく見た。

「ありさ、なんとなく知りたいって。団地のお店のお家賃、調べて」

「ねえ、Ｓｉｒｉみたいに使わないでよ」

オレンジやキウイ、イチゴやマスカットも挟まった、生クリームたっぷりのエクレアを食べていたありささんが、もごもごと文句を言った。

でもそれをゆっくり飲み込むと、フォークを置く。台拭《だいふ》きで指先をぬぐってからスマホを手に取り、ちょっと考え直したように、席を立ってもう少し大きなタブレットを取って戻った。

「団地」「店舗」「賃料」とでも検索したのだろう。

「都内？」

と訊き、

「都内よね」

と、悦子さんがおばあちゃんに訊いた。「ね。なんとなくだから」

「そうね。都内が便利よね」

と、おばあちゃんがなんとなくうなずいた。

「これくらいは、かかるみたい」

ありささんが、タブレットを悦子さんに見せ、それからおばあちゃんに見やすいように置き直した。

花もそれを覗《のぞ》き込む。

もちろん広さにはよるけれど、都内の物件をずらっと見ると、花が考えていたよりはだいぶ高い。

おばあちゃんは、しばらく見づらそうにしてから、ようやく見方がよくわかったのだろう。

ぐっと顔を近づけて、

「そうねえ、それくらいはするわよね」

と言った。「あと案外、敷金がかかるのね。もちろん改装するのにも、いろんな開業準備にも……」

おばあちゃんは空中に視線を泳がせて、小さくため息をついた。

「蓄えと年金だけだと、いろいろ難しいわね。うん、今のマンション売って、わたしも団地に住もうかな」

「おいでおいで」と悦子さんが言う。

窓から穏やかな日が射《さ》している。

「それとも、花んちに住ませてもらおうかな。お父さん、ほとんどいないから平気でしょ。お父さんが帰ってるときは、花の部屋にいたらどうかな」

「いいよ！　おばあちゃん、うちにおいでよ」

思春期とも思えない素直さで花が即答すると、おばあちゃんはとろけそうな笑顔になった。

「ねえ、えっちゃん、わたし、幸せかもしれない。……ううん、幸せだわ」

「いいねえ」

と悦子さんが目を細めて言った。

著者略歴

藤野千夜（ふじの・ちや）
1995年「午後の時間割」で海燕新人文学賞を受賞しデビュー。1998年『おしゃべり怪談』で野間文芸新人賞、2000年「夏の約束」で芥川賞、2025年『じい散歩』で宮崎本大賞を受賞。著書に『ルート225』『時穴みみか』『団地のふたり』『また団地のふたり』『君のいた日々』『すしそばてんぷら』など。

Kadokawa Haruki Corporation

藤野千夜

団《だん》地《ち》メシ！

*

2025年4月18日第一刷発行

発行者 角川春樹
発行所 株式会社 角川春樹事務所
〒102-0074 東京都千代田区九段南2-1-30 イタリア文化会館ビル
電話03-3263-5881（営業） 03-3263-5247（編集）
印刷・製本 中央精版印刷株式会社

ISBN978-4-7584-1480-7 C0093
http://www.kadokawaharuki.co.jp/

本書は「ランティエ」2024年4月号から12月号までに連載した小説に加筆・訂正いたしました。